JN007154

敏腕弁護士の不埒な盲愛に堕とされました

旅は、もっぱら一人で。

そう思うようになったのは、いつ頃からだろうか。

以前は恋人や友達と一緒に、行く先々で話したり笑ったりしながら旅を楽しんでいたように思う。

けれど、それが遥(はる)か昔の事のように感じる。

二十八歳なら、さほど昔ではないはずだが、どこか時間の感覚が壊れてしまったみたいだ。

（なんて、何おセンチな事、言ってるんだか。らしくないわよ）

フリーライターの志摩夏乃子(しまかのこ)は、妙に感傷的になる自分を叱りつけた。

時刻を確認すると、打ち合わせの時間まであと四十分ある。まだ少し余裕があるし、気になっていた文房具でもチェックしに行こうと思い立つ。

（よし、決めた）

夏乃子は信号が青になるなり、行きつけの文房具店に向かって歩き出した。

地下鉄の駅から徒歩圏内にあるそこは、筆記用具の種類が豊富で画材も取り扱っている。

フリーライターになって三年目の夏乃子は、日常的に万年筆を使っていた。

今使っているボルドー色の万年筆も、特別高価なものではないが、どんな筆記用具よりも指にしっくりくる。

交差点を渡ってすぐの店に到着し、ガラス戸を開けて中に入った。白壁の店内には色とりどりの文具が並び、複数の客がそれぞれに目当ての品を物色している。

夏乃子は迷わず万年筆コーナーに直行した。

陳列ケースには、幾種類もの万年筆が並べられている。

（いいな、万年筆。もう少ししたら、新しいものに買い替えてみようかな）

ケースの背面はミラーになっており、万年筆の向こうに自分の顔が見えた。

肩より少し長い髪は、前髪なしのワンレングス。丸みのある輪郭に若干垂れている目は黒目がちで、鼻と口も丸っこい。身長は百六十二センチで、ややややせ型。仕事で外を歩き回っているせいか、昔ほど色白ではなくなった。

陳列ケースの奥の棚には、色鮮（あざ）やかなインクのボトルが整然と飾られている。

ここに来るたびに、様々な色インクを綺麗だと思うものの、夏乃子が選ぶ色はいつも濃い目のグレー一択。それが一番、使っていて気持ちが落ち着くし、ほかの色を使おうとは思わない。

けれど、新色が出たら気になるし、今日ここへ来たのも「ハイビスカス」と名付けられた色インクを実際に見るためだ。

今は冬真っただ中であり、もうじきクリスマスだ。かなり季節外れだが、寒さが厳しい時期だからこそ夏を思わせる色を見たくなるのかもしれない。

（あった。さすが、南国の花って感じの色だな）

棚を順番に眺めていき、真ん中に置かれた赤色のボトルを見つけた。ハイビスカスの花色はほかにもあるが、やはりパッと思いつくのは情熱的な赤だ。

棚の手前には、サンプルの入った小瓶（こびん）と試し書き用の万年筆が置かれている。

夏乃子はさっそく万年筆を手に取って、文字を書こうとした。けれど、そこにあるべき試し書き用の紙がない。恐らく、用意されていたものがなくなったのだろう。

そう思いながら、店員のいるカウンターを振り返った。すると、タイミング悪くこちらにやってきた男性と、正面からぶつかってしまう。

「すみません……あっ！」

思わず声が出たのは、男性の真っ白なシャツに赤いインクの染みがついたのを見たからだ。

夏乃子はあわてて一歩下がって、男性の顔を見た。

見たところ、年齢は三十歳前後。

グレーのストライプスーツに、落ち着いた色合いのレジメンタルネクタイを締めた男性は、パンプスを履いた夏乃子よりも二十センチ以上背が高い。

髪の毛は艶（つや）やかなナチュラルカラーで、やや癖がある。目鼻立ちはかなりはっきりしており、親戚にラテン系民族の人がいるのではないかと感じるほどだ。

一言でいえば、眉目秀麗（びもくしゅうれい）。けれど、それだけでは明らかに言葉足らずだし、とにかく一目見ただけで周囲の女性を虜（とりこ）にするくらいの美男だ。

男性が夏乃子の視線を追い、自分の胸元についたインクの染みを見た。

「おっと……」

「すみません！　私の不注意でシャツを汚してしまって――」

夏乃子は再度謝罪して、男性を窺った。

彼は夏乃子を見ると、にこやかな笑みを浮かべながら片方の眉尻を上げた。

「これは新色の『ハイビスカス』だね。ふむ……布でも綺麗に発色しているな。そう思わないか？」

男性がシャツを指先で摘み、夏乃子に示してくる。

「はあ……確かに綺麗です……けど、染みが……。早くクリーニングに出したほうがいいです。あの、私、どうしたらいいですか？　クリーニング代をお出しするか、それとも――」

男性は一見ビジネスパーソンふうではあるけれど、見る者を圧倒するような強いオーラがある。そばにいるだけで、ただ者ではないと感じるし、雰囲気からして明らかに富裕層だ。

もしかすると、このシャツ一枚で何万円もするのでは……

夏乃子が、そんな事を考えていると、男性がニッと笑って空いているほうの掌をこちらに向けて、ひらひらさせた。

「クリーニング代はいらないし、弁償も結構だ。その代わり、俺とデートしてくれないか？」

「はあ？」

もしかすると、彼はこれまで容姿を武器に何人もの女性を狩ってきたのかもしれない。

その一人になどなるものかと、夏乃子は首を横に振りながら一歩後ずさった。

「いえ、それはお断りします」

「どうして？」

あっけらかんと訊ねられて、身構えた姿勢が崩れそうになる。そうしている間も、男性はずっと笑顔のままだ。

「ど、どうしてって……。普通、そういう流れにはなりませんよね？」

「流れはシャツを汚された俺が決めるものじゃないかな？　それと一応言っておくけど、俺は怪しい者じゃないよ」

「でも、私、これから仕事で人と会う事になっているので」

「ああ、そう。それってこの近く？　何時に終わるの？」

「徒歩圏内ですし、一時半には終わるかと――」

さりげなく聞かれて、うっかり馬鹿正直に答えてしまった。

夏乃子が自分の迂闊さに顔をしかめていると、男性が夏乃子の手から万年筆を取り上げ、持っていた紙の束に何かしら書き始める。

「あっ、それ試し書き用の紙……」

ないと思ったら、ここにあった。どうやら彼はそれを持ったまま店内をぶらついていたらしい。

さらに渋い顔をする夏乃子に、男性が一枚破った紙を差し出してきた。

「じゃ、今日の午後二時に、ここで待ち合わせをしよう」

にこやかな顔でそう言われて、ついそれを受け取ってしまった。急いで返そうとしたけれど、彼は万年筆をもとの位置に戻すために、移動してしまっている。

「あの――」

「必ず来てくれよ？　そうでないと俺はずっとそこで君を待ち続ける事になるからね」

夏乃子が話す間もなくそう言い残して、男性は悠々とした歩調で店の外に行ってしまった。

渡された紙を見ると、ここから少し先にあるカフェの住所と店名が書いてある。

（これ、行かなきゃダメかな？）

そうは思うものの、シャツを汚してしまったのは自分だ。

せめて名刺をもらっておけば、あとでお詫びでもなんでもできたのに――

とっさにそこまで頭が回らなかったのは、彼のペースに巻き込まれてしまったからだ。

もしかして、新手のナンパだろうか？

いずれにせよ、そんなものにひっかかるなんて自分らしくない。

いや、ナンパと決まったわけではないが、日常を乱されたのは確かだ。

一応急ぎ足で店の外に出てみたが、男性の姿はもうどこにも見当たらない。

夏乃子は小さくため息をつくと、打ち合わせに向かうべく道を歩き出した。待ち合わせの相手は、クライアントであり親友でもある福地八重（ふくちやえ）だ。彼女は女性向けのウェブマガジン「レディーマイスター」の編集長兼、運営会社の社長でもある。

事務所は駅に近い複合ビルの三階にあり、打ち合わせもそこで行う。歩いて十分のそこに到着して八重と顔を合わせるなり、びっくりした顔をされた。

「いらっしゃい――って、どうしたのよ、その顔。なんだか、すごく怒ってるみたいだけど」

水を向けられた夏乃子は、勧められた椅子に座りながら文房具店で会ったイケメンについて話した。

八重がアイスティーをテーブルの上に載せつつ、興味深そうに耳を傾けている。

すべてのいきさつを語り終えた夏乃子は、鼻息も荒くアイスティーを一気飲みした。

「どう思う？　やっぱり新手のナンパかな？　だけど、あれほどのイケメンなら、わざわざそんな事をする必要はないと思うんだけど」

首を傾げながらストローで氷を掻き混ぜていると、八重がグラスにアイスティーを追加してくれる。彼女の顔は、やけに嬉しそうだ。

「何？　ニヤニヤして」

「だって、夏乃子がそんなふうに感情をあらわにするのって、すごく久しぶりだもの」

「え……そうだっけ？」

「そうよ～。あんたったら、ここ一年半、感情がまったく顔に出なかったじゃないの。笑ったり怒ったりするところでも無表情だし、まるで能面みたいだったわよ」

「の、能面って……」

「だってそうでしょ。美味しいものを食べても嬉しそうな顔しないし、腹に据えかねる事が起きてもぜんぜん怒らない。遊びに行ってもちっとも楽しそうじゃないし、ボロ泣き必至の映画を観てもしらっとしてる。そんな夏乃子が、目を吊り上げて怒ってる上に、アイスティーを美味しそうに一気飲みするなんて――」

八重が、両手を組み合わせて天に感謝するようなポーズをとる。

そんな大げさな……

夏乃子は二杯目のアイスティーに口をつけながら、二つ年上の親友の顔をまじまじと見つめた。

「なんにせよ、これを機に夏乃子が感情を取り戻してくれたら嬉しいわ。あれからもう一年半だよ。雅一さんの事は残念だったけど、もうそろそろ喪に服すのは終わりにしたら？」

去年の春、夏乃子の恋人だった戸川雅一が交通事故で亡くなった。

事故当日、彼は夏乃子に内緒で用意した指輪を宝飾店に取りに行き、その帰り道で事故に遭い帰らぬ人になってしまったのだ。

事故の二週間前に些細な事で喧嘩をして以来、夏乃子はずっと雅一からの電話に出ず、メッセージも未読無視を決め込んでいた。

あの時、雅一は自分に何を言い、伝えようとしていたのだろう？

メッセージは読まないで削除してしまったし、今となっては知りようがない。

もし、あの時電話に出ていれば……

もし、彼からのメッセージを読んで返事していたら……

雅一を思うと、今も後悔が募る。

雅一は、普段なんの理由もなくプレゼントなど買ったりしない人だった。

指輪はきっと、仲直りのつもりで買ってくれたに違いない。そうであれば、彼の死の責任の一端は自分にある。

そう考えて以来、夏乃子は後悔と自責の念に囚われ続けており、気づいたら何をしても心が動かなくなってしまっていたのだ。

「私にとっては〝まだ〟たったの一年半なの。雅一の事は忘れられないし、忘れちゃいけないのよ」

「夏乃子……」

八重曰く、雅一の件があってからの夏乃子は、抜け殻のようであるらしい。仕事は、きちんとするが、感情の起伏が乏しくなり、衣食住に対する欲求もなくなっている、と。

確かにそうだし、自覚もある。しかし、わざとそうしているわけではないし、自然とそうなってしまっているのだから、どうしようもなかった。

「わかってる。八重、心配してくれてありがとう」

アイスティーのグラスをテーブルに戻すと、いつの間にか、また感情がフラットになっているのに気づいた。

そうだ——

イケメンに声を掛けられたくらいで、動揺するなんてどうかしている。自分は別に面食いではないし、相手が美男だからなんだというのか。

そもそも夏乃子の人生に、もう異性など必要ない。この先、たとえ何があろうと雅一を失った悲しみが癒える事はないだろう。

夏乃子は軽く深呼吸をして、持参した資料をバッグから取り出した。

「さ、仕事しましょ」

気持ちを切り替えた様子の夏乃子を見て、八重もまた仕事モードに入った。

今日打ち合わせをするのは「レディーマイスター」の旅コーナーに掲載する記事についてだ。

夏乃子はフリーライターとして活動を始めて、今年で三年目になる。

以前は都内にある旅行会社の広報部に勤務しており、仕事の一環として当時から「レディーマイスター」に寄稿していた。

それがきっかけで八重と知り合い、以来なんでも話せる親友同士になっている。

「今度の行き先は、四国方面にしようと思うんだけど」

「いいわね。もう候補地は決めてるの？」

夏乃子がフリーライターとして受ける仕事は様々だが、フットワークの軽さとバイタリティを強みとしているので、得意なのは旅行関係の記事だ。

「レディーマイスター」もそうだが、実際に現地に赴（おもむ）いて取材した一人旅の記事は、特に読み手の反応がよく、満足度も高い。

駆け出しの頃はかなり苦労したし、貯金も底をついて赤貧状態だった。それでも、仕事の合間に必要なスキルを磨き、少しずつ実績を積み重ねてきた。その甲斐あって、今は複数の会社から依頼を受けるようになり、普通に生活できるまでになっている。

これも、八重のおかげだ。

仕事を介してなんでも話せる親友となった彼女は、夏乃子が会社を辞めてフリーランスのライターになるかどうか思い悩んでいた時も、的確なアドバイスを授け、背中を押してくれた。

雅一の事も、八重にだけはすべて話しているし、いろいろと支えてもらった。

いまだに亡くなった恋人を忘れられないでいる夏乃子を、彼女はとても気にかけてくれている。その事を深く感謝しているし、彼女のためならひと肌でもふた肌でも脱ぐ覚悟でいた。

「――これでよし。じゃあ、諸々よろしくね――って事で、ほら。さっさとラテン系のイケメンとデートに行ってきなさいよ」

八重が立ち上がりざまに、夏乃子の肩をバンと叩いてきた。

不意を突かれて、持っていた資料入りのフォルダーを落としそうになる。

「デ、デートって……。行かないわよ。ヤバい人だったら怖いし、あんなに気軽に女性に声を掛けるなんて、チャラいに決まってる。どうせ今頃は、ほかの女性を捕まえてデートしてるわよ」

「じゃあ、シャツはどうするの？　汚したならきちんと謝罪しないと気分がすっきりしないんじゃない？」

「それはそうだけど……」

男性の風貌からしてあのシャツは決して安物ではないはずだ。そうであれば、八重の言うようにちゃんと詫びる必要があるし、このままなかった事にすべきではない。

「とりあえず行ってみたら？　もし本当にヤバそうだったら『ごめんなさい』って謝ってクリーニング代としてポケットに一万円札を押し込んで逃げればいいんだし。……それにしても、デートにその格好は、ちょっと地味すぎるわね」

夏乃子が今日着ているのは、黒のニットセーターとコーデュロイのパンツだ。その上に茶色のコートを羽織り、首にはインナーと同系色の色が混じったマフラーを巻いている。

確かに地味だが、これが夏乃子のスタンダードだ。

むろん、フリーのライターとして活動しているので、常にＴＰＯを考えた服装を心掛けている。けれど、今日の予定は八重との打ち合わせのみで、服装に気合を入れる必要はなかったのだ。

「そうだ。この間買ったワンピースがあるから、それを着ていく？」

八重は忙しい時は事務所の奥で寝泊まりをする事があり、ここに何着か着替えを置いている。

夏乃子は彼女がワンピースを取りに行こうとするのを引き留め、急いでバッグを持って入り口に向かった。

「わかったわよ。とりあえず、指定された場所に行ってみる。でも、このままで行くから。じゃあね！」

さっきこの格好で顔を合わせているのに、着替えなんかしたら変に勘ぐられてしまいかねない。ましてや、普段からおしゃれな八重が買ったワンピースなど着ていって、喜び勇んでデートに応じたと思われては面倒だ。

「レディーマイスター」の事務所を出て、渋々ながら待ち合わせの場所に向かう。

八重には行くと断言したものの、歩きながらまだどうしようか迷う気持ちがあった。しかし、やはりちゃんと謝罪をしなければならないと思い直し、歩く足を速くする。

指定されたカフェに着いたのは、約束の時間の五分前だ。店内に入ろうとドアの前に立った時、伸びのある低い声に引き留められた。

「来てくれたんだね」

うしろを振り返ると、文房具店で会った男性が笑顔で立っていた。

「ええ、まあ」

短く返事をして彼の胸元を見る。どこかで着替えてきたのか、スーツは同じだがシャツにはインクの染みはついていない。

「シャツ、汚してしまってすみませんでした」

改めて謝罪を口にすると、ちょうど店内に入ろうとする二人組の女性がやってきて、夏乃子は彼に肩を引き寄せられる形で道を開ける。

「すみません」

「いえ……」

夏乃子が道を塞いだ事を謝ると、女性達は隣にいる男性の顔に見惚れながら生返事をした。

彼はそれを気に留める様子もなく、ガラス戸から店内を窺っている。

「どうやら中は混み合っているみたいだし、もう行こうか」

男性が夏乃子の肩に置いていた手を離し、左方向の道を掌(てのひら)で示した。

「え？　行こうかって、どこへ――」

ついていくのを躊躇(ちゅうちょ)している夏乃子に、男性が胸ポケットから取り出した名刺を差し出してきた。

それは、白地に黒い文字が印字されたシンプルなものだが、紙はややザラザラとした質感で、細部にこだわりを感じる。

見ると「スターフロント弁護士事務所　弁護士　黒田蓮人（くろだれんと）」と書かれていた。

「弁護士……」

思わず呟いて顔を上げると、男性がにっこり顔で頷く。

「これで怪しい人間じゃないってわかってくれたかな？」

そう言われても、写真がついているわけではないし、名刺なんてどうにでもなる。それに、男性の襟（えり）には弁護士バッジもついていない。

夏乃子の視線に気づいたのか、男性が自分の襟（えり）元を見た。

「ああ、弁護士バッジね。あれ、鬱陶（うっとう）しいから必要な時以外は、いつもカバンの中に入れっぱなしにしているんだ。それに、俺は今日有休をとっていて休みだし――って言われても、信用できないか……。とりあえず、ここにいると邪魔だし移動しよう」

諦め顔になった夏乃子を見て、同意したと解釈したのだろうか。男性はこちらの手を取ると、勝手に自分の腕に巻き付かせて、さっさと歩き出した。

「え？　ちょっ……と――」

平日ではあるけれど、この近辺は人気のショッピングエリアだ。あっという間に道行く人の流れに乗せられて、そのまま歩かざるを得なくなる。

「ど、どこに行くんですか？」

「すぐそこだ。まあ、時間は取らせないからついてきてよ」

「でも――」

「大丈夫。君が俺を信用できるよう、ちょっと付き合ってもらうだけだ」

通りすがりの老若男女が、漏れなく男性に視線を奪われている。

やはり、彼には人を惹き付ける何かがあるみたいだ。中でも女性は男性を見たあと、必ずと言っていいほど夏乃子を見て怪訝そうな表情を浮かべている。

（何よ、好きで一緒にいるわけじゃないんだからね）

心の中でそう思いつつも、なぜか彼に連れられるまま歩いている。

いくら負い目があるとはいえ、見ず知らずの男性についていく自分を変だと思った。

やたら人懐っこい笑顔は軽そうに見えるが、物腰は柔らかく上品ですらある。それに、強引ではあるけれど、粗野な感じはしない。

これほど男性的な魅力に溢れているのだ。普通なら出会いに感謝してもいいのかもしれないが、夏乃子に限ってそれはない。

出会いなど必要ないし、正直、仕事以外では極力男性とかかわりたくないと思っている。けれど、彼には不思議な吸引力のようなものがあり、シャツの件を差し引いても、なぜかこの手を振り解く気にはなれなかった。

（なんだか変な人だし、こうしている私も変……）

そう思いながら歩いていると、男性がふいに立ち止まって目の前のビルを指さした。

「ほら、ここだ。歩いて三分もかからなかっただろう？」

レンガ造りの建物は七階建てで、入り口横の銘板には「黒田第一ビル」と記されている。

一階にはフルオーダースーツの店があり、左手には世界的に有名な海外の時計ブランドが入っている。

「ちなみに、このシャツはそこの店で買ったんだ。すごく着心地がよくてね。俺が事務所を受け継いで以来、スーツはこの店でしか作ってないな」

男性が、通りすがりにフルオーダースーツの店を指した。

「えっ？」

思わず声が出て、あわてて掌で口元を押さえた。

そこは、さほどファッションに詳しくない夏乃子ですら知っている老舗店だ。オーダーメイドでスーツを作ったら、いったいいくらするのだろう？

いずれにせよ、一般人には手が出ない価格設定である事は間違いない。

シャツ一枚にしろ、オーダーメイドなら二、三万円では済まないのではないだろうか……

（八重、一万円じゃ、ぜんっぜん足りないよ……）

内心震え上がる夏乃子をよそに、男性はビルの中に入り、エレベーターホールで立ち止まった。

すぐ横の壁面に案内板があり、五階から七階に「スターフロント弁護士事務所」と記されている。

男性の腕に巻き付けていた手を解放され、ホッと一息つく。

彼が操作盤のボタンを押すと、すぐに扉が開いて中に入るよう促された。見ず知らずの男性とエレベーターに二人きりなるのは気が進まないが、高価なシャツを汚してしまった手前、嫌とも言えない。

「着いたよ」

五階に到着し、男性とともにエレベーターを降りて、左右に伸びた廊下の真ん中に立つ。彼は正面入り口がある右には進まず、左側にあるドアに向かった。

彼について中に入ると、そこは机や棚がバランスよく置かれたオフィスで、数人の男女が忙しそうにしている。どうやらここは、法律事務所内の事務作業部屋であるらしい。

「あれっ？　黒田先生、そこで何をしているんですか？」

男性が黙ったまま立っていると、部屋の中ほどにいた若い女性が彼に気がついて声を掛けてきた。

「ほら、俺の事を『黒田先生』と呼んだだろう？」

そう言いながら、男性が斜めうしろに立っていた夏乃子を振り返った。

「神崎(かんざき)さん、俺ってここの弁護士だよね？」

男性が声を掛けてきた女性に問いかけると、彼女はいぶかしそうな顔をしながら「はい」と言って頷く。

すぐ横の壁にある金属製のプレートには事務所に所属する弁護士の名前が記されており、ぜんぶで十人いるうちの筆頭が黒田だった。彼の名前の前には「代表」の文字がついている。

そういえば、彼はさっきビルの前に来た時に「俺が事務所を受け継いで以来」と言った。

つまり、彼は「スターフロント弁護士事務所」の経営者兼弁護士という事だ。

「これで俺が本物の弁護士だってわかってもらえたかな。よかったらお茶でも飲んでいく？　俺が淹れるコーヒーは絶品だよ」

気軽に誘ってくるが、部屋にいる人達が歓迎している様子はない。仕事中なのだから、そんな反応も当たり前だ。殊に、神崎と呼ばれた女性はあからさまに不機嫌そうな顔をしている。

「いえ……皆さん、お忙しそうですし、遠慮します」

「そう？　じゃあ、約束どおりデートに行こうか」

黒田が言い終わると同時に、神崎が目を剥いて椅子から立ち上がった。かなり大きな音がして、周りにいる事務員達がびっくりしたように彼女を見る。

「デート？　黒田先生、デートってなんですか？　まさか、その人って先生の彼女さん……なわけないですよね？」

神崎が夏乃子の全身に素早く目を走らせて、そう言った。彼女の表情と言い方には、明らかに棘がある。

おそらく神崎は、黒田に好意を持っているのだろう。それなら突然やってきた客でもない自分に敵意を向けるのは無理もない。

夏乃子は黒田が否定してくれるのを期待しながら、黙っていた。けれど、彼は夏乃子の肩を軽く抱き寄せて、にこやかな笑みを浮かべる。

「どうかな？　何せ、出会ったばかりだからね。だけど、可能性は無限大ってところかな」

「はあ？」

夏乃子と神崎の声が重なるのを聞いて、黒田が可笑しそうな表情を浮かべる。彼はそれからすぐに事務所の人達に暇乞いをして、夏乃子を廊下に連れ出した。

「さあ、身元がはっきりしたところでデートに行こう」

笑顔でじっと見つめられて、言いかけた言葉をグッと呑み込む。浮かんでいる笑みは一見屈託がなさそうだが、彼は弁護士だ。嫌だと言っても器物損壊だのなんだのと言い出されたら夏乃子に勝ち目はないだろう。

今日やるべき仕事は終わったし、ほかに用事もない。

夏乃子は観念して黒田の要求に応じる事にした。

「わかりました。で、どこへ行くんですか?」

「お、その気になったみたいだね。誘いに乗ってくれてよかったよ。ところで、お腹空いてない? 俺、ランチを食べ損ねちゃったんだよね」

「お腹は……空いているといえば空いてるかもしれないです」

夏乃子は無意識に自分の腹に手を当てて、僅かに首をひねった。

食にこだわりはないし、この一年半お腹が空くという感覚があまりない。胃が空っぽで動けなくなってからようやく空腹に気づく事もしばしばで、以来こまめに何かしら口に入れるようにしているといった感じだ。

「じゃあ、まずは美味しいものを食べに行こう。誘ったのはこっちだから、もちろんデートにかかる費用は俺に任せてくれ」

「え？　でもそれじゃあ、お詫びになりません」

「そんなの気にしなくていいよ」

夏乃子が食い下がっても、黒田は笑顔で受け流すばかりで取り合ってくれない。

「事前に言っておくけど、今日は晩御飯も付き合ってもらうから。デートにかかる費用は、言ってみれば君を時間的に拘束する対価みたいなものだ」

どんな理屈でそうなるのか甚だ疑問だが、決定権は高価なシャツを汚された黒田にある。

再びエレベーターに乗って降りたのは地下駐車場だった。様々な車が並ぶフロアを歩いていると、ビルの管理人らしき初老の男性が現れて黒田に挨拶をする。

「あれ？　黒田社長、今日はお休みだったんじゃないんですか？」

「うん。そうなんだけど、急にデートをする事になってね」

黒田が斜めうしろにいる夏乃子を掌で示し、にっこりする。

「それはそれは……。どうぞよい一日を。車はピカピカに磨いておきましたよ」

「いつもありがとう。じゃあ、行ってくるよ」

初老の男性に見送られて、夏乃子は黒田とともに駐車場の奥に向かって歩いていく。

（社長？　先生じゃなくて？　……そういえば、このビルって「黒田第一ビル」だったよね？　もしかして、この人って弁護士兼経営者だけじゃなくて、このビルのオーナーでもあるの？）

表通りではないけれど、この辺りは都内有数の一等地だ。

これで、彼が富裕層である事は決定した。

少し前を行く黒田の背中を眺め、改めて彼の纏っているオーラを見定める。

(リッチでイケメンの弁護士とか、ぜったいモテるでしょ。なんで、たまたま出会っただけの私をデートに誘ったりするんだろう?)

黒田の素性はわかったが、彼は夏乃子の名前すら知らない。

あえて聞こうとしないのか、興味がないのか……。

そんな事を考えていると、黒田の少し前にあるメタリックブラックの車が開錠される音が聞こえてきた。見ると、それはV8エンジンを搭載した海外の高級車だ。しかも、夏乃子の記憶が正しければ限定モデルで価格は一千万円近くする。

思わず立ち止まって車体を見つめていると、黒田が夏乃子を振り返って小首を傾げた。

「もしかして、車に詳しいのかな?」

「いえ……ただ以前、仕事で人気車種について記事を書いた事があったので」

「記事? って事は、君は車雑誌の記者か何か?」

「フリーライターです。車について書いたのは依頼があったからで、詳しいというほどじゃありません」

夏乃子は立ち止まり、バッグから名刺を取り出して黒田に差し出した。紙面には名前や電話番号のほかに、メールアドレスと各種SNSのアカウント名が記されている。

彼はそれを受け取ると、軽く頷きながら夏乃子の全身に視線を走らせた。

「なるほど。言われてみれば、フリーライターって感じがするな」

それがどういう意味かわからないが、これでお互いの名前と職業は明らかになった。二人ともれっきとした社会人だし、素性を明かしても不都合があるわけでもない。

それに、黒田は弁護士だ。間違っても法に触れるような事はしないだろう。

夏乃子はそう判断して案内されるまま右側にある助手席に乗り込み、運転席側に回る黒田をフロントガラス越しに見つめる。

手を取って人混みの中をエスコートしてくれたり、車の助手席のドアを開けてくれたりする動きはとてもスマートだ。これほどのイケメンなのだから女性の扱いに慣れていても不思議はないし、当然のようにそうしてくれるから、ついそれに乗せられてしまう。

けれど、これ以上感情を揺さぶられるのは避けたかった。

黒田が運転席に座りエンジンをかける。車が静かに動き出し駐車場から車道に出た。

「さっきの続きだけど、車のほかには、どんな記事を書いてきたの?」

「主に旅行に関する記事を書いています。ほかに、ライフスタイルやキャリアアップ関連のものを」

「旅行はいいね。俺の趣味でもある。じゃあ、取材であちこち行ってるんだろうね」

「はい。といっても、国内だけですけど」

日本各地を飛び回っている夏乃子だが、海外に行ったのは一度きりだ。渡航先はマレーシアで、当時はまだ旅行会社に勤務していた。一人旅だったが、行く先々で出会う人達は皆親切で、とにかく海が綺麗だったのをよく覚えている。

「俺も学生時代はあちこち行ってたんだが、久しく旅行に行ってないな……」

黒田が昔を思い出すような表情を浮かべる。彼が言う旅行とは、きっと世界規模のものだろう。

「ところで、食べ物に関して、好き嫌いはある？」

「いいえ、好き嫌いはありません」

「いい事だ。道もさほど混んでいないから店まで十五分もかからないと思うよ」

車は街中を通り抜け、国道を経由して首都高速に入る。

運転免許はあるけれど、夏乃子は車を持っていない。地方で仕事をする時はレンタカーを借りる事もあるが、都心での移動手段はもっぱら電車かバスだ。

思えば男性とこうして都内をドライブするのは、かなり久しぶりだ。雅一が生きていた時は、彼の車で出かける事もしばしばで、一度はかわるがわる運転しながら京都まで行った事もある。

彼とは社会人になってすぐに知り合い、六年間恋人関係にあった。付き合ったのは、あとにも先にも雅一だけで、彼の死後はプライベートで男性とかかわった事は一切ない。街を一人で歩いていても、声を掛けてくる男性といえば怪しげなキャッチセールスのみだ。

ライターとして老若男女（ろうにゃくなんにょ）問わずコミュニケーションをとってきたが、正直なところ男慣れしているとは言いがたいのが実情だった。

もしかすると、これは今まで接した事のないタイプの男性を知るいい機会かもしれない。

今後、若くして成功した男性のライフスタイルに関する仕事の依頼が来ないとも限らないし、フリーライターとしてじっくり観察させてもらおうという気持ちになった。

（そうよ、これも今後のため）

フリーで仕事を始めてから、夏乃子は常に仕事を最優先にしてきた。

つまりこれは、プライベートではなく仕事だ――そう割り切り、夏乃子はさっそく黒田の人間観察を始めた。

横目で見る黒田のハンドルさばきは滑らかで、男性らしくごつごつとした手は大きく、長い指の爪は綺麗に切り揃えられている。

ジャケットの袖から覗く時計はいかにも高級そうで、慣れた感じで運転する横顔は彫刻のようだ。

相変わらず口角は上がっており、一挙手一投足に余裕が感じられる。

これが本物の富裕層というものだろうか。

（まだ全面的に信頼したわけじゃないけど、弁護士だし、危険人物ではないみたいね）

黒田にはまったく偉ぶったところがないし、逆に初対面とは思えないほど気さくだ。

これほどのイケメンなのだから、本来はもっと気詰まりで居心地が悪くてもおかしくないのに、一緒にいて妙な安心感がある。

ともにいる時間はまだ一時間にも満たないのに、人一倍警戒心が強い自分にそう思わせるのだから、彼は相当の人たらしだ。

こうなると、異性としてというよりも人として興味深い。

「今更だけど、デートに誘ってもよかったのかな？　つまり、君が既婚者だったり恋人がいたりするんじゃないかって事なんだけど」

緩い左カーブを曲がりながら、黒田にそう聞かれた。自然と身体が彼のほうに傾きそうになるが、頑張ってどうにか踏みとどまる。

「ご心配には及びません。未婚だし付き合っている人もいませんから」

「それならよかった。俺も同じだから、なんの問題もないな」

「そうですか」

言われてみれば、お互い適齢期の男女なのだからすでにパートナーがいても不思議はない。

黒田に言われるまでまったく気が回っていなかったのは、それだけ気持ちが恋愛から遠ざかっているからだろう。

高速道路を下りて右折する時、黒田がチラリと夏乃子を見た。目が合ってしまい、あわててそっぽを向いたが、もう遅い。きっと彼は、ずっと見られていた事に気づいただろう。

しかし、女性からの視線に慣れているのか、黒田は特に反応する事なく運転を続けている。

「着いたよ」

黒田が車を停めたのは、川沿いにある和食店だ。建物の八階にあるそこは、白壁と木目調のインテリアが優しい雰囲気の店で、川に面した壁がガラス張りになっている。

予約をしていたのか、近づいてきたウエイターが窓際の席に案内してくれた。

「雪でも降っていたら、もっとロマンチックなんだけどな。……今日はもう仕事は終わりなんだろう？　軽く食前酒でもどう？　ここの果実酒は自家製だしハーブがたくさん入ってるから身体にも優しいよ」

そう話す顔は笑顔で、下心はまったく感じない。それに、身体に優しいという言葉に惹かれ、どんな味なのか興味が湧いてしまった。

「そうですか……じゃあ……」

メニューを見せられたが、結局はすべて黒田に任せてしまった。ほどなくして、小ぶりの切子グラスに入った食前酒が運ばれてくる。勧められて一口飲むと、口の中いっぱいに花の香りが広がった。味はほんのりと甘く、それでいて鼻に抜ける爽やかさがある。

「……美味しい。それに、すごく香りがいいです」

美味しさに目を丸くする夏乃子を見た黒田が、途端にぱあっと顔を輝かせた。

「そうだろう？　確かラベンダーとかカモミールとか香りのいい花が入っていたはずだ」

黒田が言うには、この店は昔からの友人が経営者兼シェフをしており、今飲んだハーブ酒は個人的にも購入して自宅で愛飲しているらしい。

友人自慢の酒を褒められたのが、そんなに嬉しかったのだろうか？

そう思うほど、黒田は相好を崩している。

「ラベンダーもカモミールも好きな香りだし、前は疲れてホッとしたい時用にハーブティーのティーバッグを買い置きしていました」

「前は？　今はもうしていないのか？」

「そうですね、いつの間にかしなくなっていました」

手元の切子グラスを見るうちに、ふと頭の中に雅一の面影が浮かんできた。

昔、彼と行った旅先で、これと同じようなグラスを売っている店に入った事があった。時間がなくて結局は何も買わずに出てしまったが、本当は自分用にひとつ欲しかったのを思い出す。

だがそれも、もう昔の事だ。

夏乃子はグラスを傾け、二口目の食前酒と一緒に過去の想い出を飲み下した。

「……ほんとに、美味しいですね」

「よかったら、あとでひと瓶お土産にしてあげるよ」

黒田が言い、ちょうど料理を持ってきたフロア係の一人に何かしら話しかける。別の係の人が皿をテーブルに並べたあと、グラスに酒を継ぎ足してくれた。

運ばれてきたのは里芋のホタテ貝あんかけに、だし巻き卵。季節の刺身と鶏肉の香草焼きなど。器や盛り付けにも工夫が凝らしてあり、目にも美味しそうだ。

「どうぞ、召し上がれ」

大皿に載った料理を、黒田が手際よく取り分けて夏乃子の前に置いてくれた。食前酒のおかげなのか、久しぶりに胃袋が食べ物を欲しがっているのを感じる。

ごくりと唾を飲み込みながら、だし巻き卵に箸をつけた。

「……うまっ！」

思わず声が出て、あわてて指先で口を押さえた。けれど、ふわふわで出汁のきいた卵料理の美味しさには勝てず、すぐに二口目を口に入れる。

「美味しい？」

ニコニコ顔の黒田に問われて、夏乃子はもぐもぐと口を動かしながら、無言で首を縦に振った。

「それはよかった。ほら、こっちも美味しいよ」

切り分けてもらった鶏肉料理に、黒田が黄金色（こがね）の肉汁をかけてくれた。カリカリに焼いた皮に艶（つや）が出て、香ばしい匂いが鼻腔（びこう）をくすぐる。

食べながら、どんどん食欲が増していくのを感じるのは、いつぶりだろうか。差し出されるまま料理を食べ、合間にハーブ酒を飲む。

刺身は新鮮且（か）つ歯ごたえがぷりぷりで、里芋のホタテ貝あんかけもびっくりするほど味わい深い。

いったいどんな調理をすれば、こんな味になるのか……

夏乃子は、たっぷりとあんのかかった里芋を凝視し、それを口に入れようとした。

すると、こちらをじっと見つめている黒田と目が合い、驚いた拍子に里芋が箸（はし）から滑り落ちてしまう。

「あ……」

里芋は、ちょうど黒田が取り分け用に使っている皿の上に落ちた。

不可抗力とはいえ、自分が箸（はし）をつけたものを人の皿の上に落としてしまうとは――

夏乃子がどうしたものかと思っていると、黒田がそれを指先で摘（つま）み上げ、ポイと自分の口の中に放り込んだ。

「え？　さ、里芋……」

黒田が里芋を咀嚼（そしゃく）してごくりと飲み込む。彼は「美味（うま）い」と言ってにっこりと笑い、大皿からもうひとつ里芋を取って夏乃子の皿に入れてくれた。

「す、すみません。ありがとうございます」

夏乃子が恐縮していると、黒田が朗らかな笑い声を上げた。

「謝ったり、お礼を言ったり、忙しいね。気にしなくていいから、どんどん食べて」

ふと彼の前に並んだ皿を見ると、あまり減っていない。もしかすると、黒田はこちらが食べている様子を見ていたのだろうか？

そういえば、さっき里芋を指で摘んだ時、彼は箸を持っていなかった。

いくら久々に空腹を感じたからといって、わき目もふらずガツガツと食べてしまうなんて、かなり恥ずかしい。

しかし、どうせ今日限りの仲だと思い直し、再び箸を動かして料理を堪能する。

食後のシャーベットのフルーツ添えを楽しんだあと、すっかり満足してごちそうさまを言った。

「ぜんぶ、とても美味しかったです。こんなに美味しいお店があるなんて知りませんでした」

「美味しく食べてくれて、よかった。よければ贔屓にしてやってよ」

席を立って店を出ようとした時、厨房から黒田の友人らしきシェフが顔を出した。彼はにこやかな顔で夏乃子に挨拶をしたあと、黒田にそっと耳打ちをする。

「お前が女性をここに連れてくるなんて、珍しい事もあるもんだな」

「うるさいよ」

ごく小さな声だったけれど、近くにいる夏乃子にはぜんぶ聞こえた。シェフが言った事が本当かどうかは定かではないが、他愛のないやり取りをする黒田が少年のような顔つきで笑っていたのが印象に残った。

店を出てエレベーターで駐車場に向かい、再び車に乗り込んだ。

時刻は午後三時。

走り出した車は、間もなくして湾岸道路に入った。いったいどこに連れていかれるのかと思っているうちに、空港近くの公園に到着する。

「ちょっと寒いけど、腹ごなしに少し散歩しないか？」

季節に関係なく外を歩き回るのには慣れているし、今日は天気もよく十二月にしては暖かいほうだ。

夏乃子は二つ返事で彼の要望に応じ、車を出て海岸沿いの遊歩道に向かった。平日だし、寒いせいか人はあまり多くない。途中にあった移動式カフェでホットコーヒーを買い、海が見える位置にあるベンチに並んで腰掛ける。

「空が広いな。俺、ここから見る景色が好きなんだよね。だから、たまに来てコーヒーを飲みながらぼーっとする事があるんだ。空港が近いから飛行機がしょっちゅう飛んでくるし、景色を眺めているだけでも退屈しないよ」

なるほど、景色はいいし近くに高い建物がないから、空が広い。

「向こう岸にあるのは工場地帯ですよね？　夜になると、夜景が綺麗でしょうね」

「そうなんだよ。都心にいると周りはビルばっかりだろう？　ごちゃごちゃしているし、どこへ行っても窮屈だ。だけど、ここに来ると手足をグーンと伸ばせるし、開放的な気分になる」

黒田がベンチから立ち上がって背伸びをしたり、屈伸をしたりする。手足の長い彼は、ストレッチをしている姿すら様になる。そうしているうちに、彼の足元に黒い万年筆が落ちた。幸いベンチの周りは草地になっており、落ちた万年筆が傷つく事はなかったようだ。

夏乃子はそれを拾い上げ、少しだけついていた泥を払った。

「……これって、昼間の文房具店の限定品ですよね？」

「そうだよ。あの店には、よく行くのか？」

「月に一度は行ってますね。黒田さんは？」

「俺は三カ月に一度くらいかな。五年前にオープンして以来、贔屓にさせてもらっているよ」

「私もです」

もしかすると、これまでに一度くらいは店内ですれ違った事があったかもしれない。いや、彼ほど目立つ客がいれば、ぜったいに気づくはずだ。

「じゃあ、五年目にしてようやく会えたって事か」

黒田が、夏乃子を見て口元を綻ばせる。

縁もゆかりもない他人なのに、やけに意味ありげな言い方をされた。

どう返せばいいのかわからず、夏乃子は手の中の万年筆に気を取られているふりをする。

「キャップ、開けてもいいですか？」

「どうぞ」

許可を得てペン先を見ると、思っていた太さではなかった。訊ねると、カスタマイズして細いものに変えてもらったのだという。

「これは細字ですね。私のは極細です。本当は中字くらいが書きやすいんですけど、仕事で使うには太すぎるので。でも、極細で字を書く時の引っかかる感じが好きだから、もうずっと極細ばかりです」

「君の万年筆も見せてくれるか？」

黒田に乞われて、夏乃子はバッグから自分のものを取り出し彼に渡した。黒田はジャケットの内ポケットからメモホルダーを取り出し、試し書きをしていいかと聞いてきた。

「いいですよ。ちょっとペン先に癖があるかもしれませんけど」

黒田は紙にペンを走らせて、書き心地を吟味している。それからメモホルダーを夏乃子に手渡し、彼の万年筆を使ってみるよう促してきた。

黒田のものは夏乃子のものよりも持ち手が太く、少し扱いにくい。けれど、書いてみると思いのほか手に馴染み、すらすらと書ける。

しかし、海岸沿いの空気は冷たく、あっという間に手がかじかんできた。

夏乃子は万年筆とメモホルダーを黒田に返すと、左手をコートのポケットに入れて、右手にはぁっと息を吹きかけて暖を取った。すると、いきなり伸びてきた黒田の両手が、夏乃子の右手をすっぽりと包み込む。

「えっ……？」

驚いて黒田の顔を見るが、彼は夏乃子の手を温める事に集中している様子だ。

彼の手は大きくて、とても温かい。

呆気(あっけ)にとられながら、されるままになっていると、黒田が夏乃子のバッグを取り上げて立ち上がった。

「さすがに身体が冷えてきたな。そろそろ行こうか。今度は暖かいところに行こう」

いきなり手を握ってくるなんて、ぜったいに普通じゃない。それなのに、黒田はごく当たり前のようにそうしてきた。

手を振り解こうと思えば、できない事はない。けれど、彼にしてみれば手を握るくらい日常的なものかもしれないし、ただの親切心から出た行動であれば、過剰反応だと思われかねなかった。

結局そのままの状態で歩き続け、車まで戻ったところでようやく右手を解放される。その頃には冷たかった手はすっかり温まっており、それどころか、頬まで熱く火照(ほて)ってきている。

たかが手を握られたくらいで——そうは思うものの、意識した途端、いつの間にか自分がすっかり黒田のペースに巻き込まれているのに気づいた。

(私ったら、何してんの?)

人として興味があるだの、今後の仕事のためだなどと言い訳をして、結局のところデートを楽しんでしまっているのでは?

頭の隅に雅一の顔が思い浮かび、夏乃子は右手を強く握りしめて表情を硬くする。

黒田が助手席のドアを開け、夏乃子は複雑な心境のままシートに腰を下ろした。彼は晩御飯も付き合ってもらうと言っていたが、どうにかそれを断って家に帰ろう――

　言い出すタイミングを計っていると、運転席に座った黒田がシートから乗り出すようにして夏乃子の顔を覗き込んできた。

「なんだか急に表情が硬くなったみたいだけど、どうかした？」

「いえ……別に硬くなってなんかないです」

　夏乃子はシートベルトを締めるついでに彼から目をそらす。

「そうかな？　レストランでは、あんなに笑っていたのに、今はそうじゃない」

「え？　私が、笑ってた？」

　まさかと思って、夏乃子は黒田の顔に視線を戻した。

　この一年半、八重が言っていたとおり、プライベートではほとんど感情が動かないし、笑う事もほとんどない。仕事で人と接する時だけは、必要に応じて表情を作っていた。笑顔もしかり。

「ああ、笑ってたよ。笑い声こそ上げていなかったけど、ハーブ酒や料理を美味しいと言った時、口角が上がっていたし、目尻も下がっていたからね」

　黒田が夏乃子の目の前で、自分の目尻や口角を指で上げ下げする。

　そんな事をしなくても、言葉で言えばわかるのに――

　夏乃子はやや困惑しつつ、彼の顔を見つめた。すると、黒田が急に真面目な表情を浮かべて夏乃子を見つめ返してくる。

「なのに、今は違う。文房具店で会った時も思ったけど、君はどうしてそんなに辛そうな顔をしているんだ？」

「は……？　別に辛そうな顔なんて——」

「俺でよかったら話を聞くよ？　これでも職業柄、聞き上手でね。話すだけでもすっきりするだろうし、会ったばかりの俺にならいろいろとぶちまけても支障はないだろう？」

言っている間に、黒田の顔がまた笑顔になる。

こんなふうに自在に表情を変えられるのは、彼の得意技なのかもしれない。

真面目な顔をしていれば近寄りがたいほどの美男だ。けれど、笑うと一気に親しみやすい雰囲気になる。しかも、笑った時の目は、人懐（なつ）っこい大型犬のようにつぶらだ。

うっかりほだされそうになり、表情を引き締める。すると、それに反応するように黒田のキリリとした眉が八の字になった。

ちょうどその時、夏乃子のバッグの中からスマートフォンの着信音が聞こえてくる。断って画面を確認すると、田舎（いなか）にいる実母からだ。

画面に「母親」と表示されているのを見た様子の黒田が、受電するよう促（うなが）してくる。

「俺がいると話しにくいようなら、外に出てるけど——」

彼が運転席のドアを開けようとしたが、夏乃子は首を横に振って黒田を引き留めた。

「外は寒いです。それに、すぐに終わると思いますから」

夏乃子は二カ月に一度、母親に一定の金額を送金している。普段めったに連絡をよこさないが、母親は律儀にも銀行に入金があった時だけ夏乃子に電話をかけてくるのだ。送金は昨日だったし、おそらくまたその件だろう。

夏乃子は受電ボタンをタップして、電話に出た。

するとこちらが何か言う前に母親の怒鳴り声が聞こえてくる。

『もしもし？　あんたって子は、どうしてそう融通が利かないの！』

いきなりそう言ってくる声が、あまりにも大きすぎる。

夏乃子は思わず顔をしかめて、画面から耳を離した。

『仕送りのお金、増やしてってって言ったわよね？　なんで増えてないの？　雅一さんは死んじゃったし、あんた、どうせもう結婚しないんでしょ？　だったら貯金しても無駄じゃないの』

つい先日、電話で取材した相手の声が、かなり小さかった。そのため、通話の音量を上げていたのを思い出す。母親の声はもともと大きいし、車内でならスピーカーにしなくても十分聞こえる。

このままだと、黒田にぜんぶ聞かれてしまう――

そう思った夏乃子は、彼に背を向けて音量を下げようとした。しかし、あせっているせいか、思うように操作ができない。仕方なく母親に声を小さくするよう頼んだが、どうやらそれが気に障ったらしい。

『小さい声で言ったら聞こえないでしょ！　まったく、あんたがいつまでもグズグズせずに雅一さんと結婚してたら、遺った財産はあんたのものだっただろうに。ほんっと、要領が悪いんだから！　なんのために六年間も付き合ってたの？　それじゃ尽くし損ってもんだわ――』

聞くに堪えない雑言が次々に出てきて、夏乃子はとっさに終了ボタンをタップして通話を終わらせた。

たった十数秒で、母親との関係性ばかりか、六年付き合った恋人が死んだ事まで黒田に知られてしまった。

いったいどんな顔をして正面を向けばいいかわからず、夏乃子は下を向いたまま身じろぎをした。

「ごめん、すぐに車を出るべきだったね」

「いいえ、黒田さんは悪くないです。でも、知られたくない事を知られたのは、ちょっと……いえ、かなり恥ずかしいですね」

それに母親に対する落胆の気持ちがあいまって、図らずもふっと笑い声が漏れた。

黒田に指摘されても本当だとは思えなかったが、今のように無意識に笑ったりしていたのかもしれない。しかし、今のは自分達親子に対する冷笑であって、レストランでのものとは明らかに違う。

夏乃子は唇を固く結んで、スマートフォンの電源を落とそうとした。しかし、その直前に再度着信音が鳴り始める。

画面には、またしても「母親」と表示されている。出れば、さっきよりも大声で怒鳴られるのはわかり切っていた。

夏乃子がスマートフォンを手にしたまま固まっていると、黒田が横から手を伸ばしてきて、それを奪い去る。そして、受電するなり母親が喋(しゃべ)り出す前に、ひときわ大きな声で「はい」と発話した。

そして、画面のボタンをタップしてスピーカーモードにする。

『え……だ、誰？』

「はじめまして。僕は黒田蓮人と言います。夏乃子さんとは、恋人としてお付き合いさせていただいております」

何を言い出すのかと思えば、恋人だなんて大嘘をつかれた。

夏乃子が隣であたふたしているのを尻目に、黒田は母親に聞かれるまま交際期間や出会ったきっかけなどを話している。彼が言うには、二人は半年前に夏乃子の仕事を通じて知り合い、すぐに意気投合して交際が始まったらしい。

ハキハキとした口調は、いかにも好青年といった感じだ。

会話は弾み、母親が黒田に職業を訊ねた。彼が自分の本当の職業をそのまま明かすと、母親は急に声のトーンを上げて猫なで声を出し始める。

『まあまあ、弁護士さんなんですね。夏乃子ったら、いい人に巡り合って……。あの、もう一度事務所の名前をお聞きしてもいいかしら？』

おそらく、母親は電話を切ったあと「スターフロント弁護士事務所」について調べるはずだ。

地方に住んでいるから直接迷惑をかけるような真似はしないはずだが、それでも接点を作ってしまった事は心配の種でしかない。

通話が終わり、スマートフォンが夏乃子の手に返ってきた。うるさい母親を黙らせてくれたのは感謝するが、後々何かしら黒田に迷惑をかけるような事が起こらないとも限らない。

夏乃子がそれを指摘するも、彼は涼しい顔で笑っている。

「万が一何かあっても対処できるだろうし、その点は心配ない。逆に、君から俺に何か相談したい事があれば、いつでも言ってきてくれたらいい」

黒田の話す内容と口ぶりから、母親がいわゆる毒親である事はバレてしまったのだろう。

六年付き合った恋人に先立たれ、母親に搾取されている公私ともにフリーのライター。それが自分だ。

雅一を失ってからというもの、仕事以外では感覚が鈍くなり、喜怒哀楽の表現も乏しくなった。

彼が死んだ責任の一端は自分にある――そんな考えに囚われて、うっかり母親に雅一との喧嘩と指輪の件を喋ってしまったのがいけなかった。

以来彼女は、事あるごとにその件を持ち出して夏乃子を責め、さっきのような暴言を吐くようになったのだ。

そんな事を考えているうちに、心底自分が情けなくなってくる。

いつしか夏乃子は唇を強く噛みしめ、込み上げてくる涙を必死になって堪えていた。

「辛いなら吐き出してしまえ。今だけでも」

黒田にそう言われた途端、抑えていた涙が堰を切って溢れ出す。握りしめたスマートフォンの画面に、ボトボトと涙が落ちる。

頬に貼りついた髪の毛を、黒田がそっと取り除いてくれた。彼は夏乃子にティッシュペーパーを箱ごと手渡し、優しく低い声で「俺は君の味方だ」と言った。

夏乃子はティッシュペーパーで涙を拭い、洟をかんだ。それから、思いつくままに、ぽつぽつと話し始める。

「うちの母は、昔からああなんです。今も実家で同居している兄だけを可愛がって……。でも、もう慣れているから平気です。ただ、死んだ恋人の事を言われるのだけは、いつまで経っても慣れません」

「うん」

黒田は時折、短く相槌を打ちながら、夏乃子の話に耳を傾けている。彼が自分を聞き上手だと言ったのは本当だったようだ。

気づいた時には夏乃子は黒田に母親との確執だけではなく、亡くなった恋人に関する事も話していた。

「そうか……。亡くなった恋人とは、結婚の約束もしていたのか？」

「はい。向こうのご両親に会って挨拶も済ませていたし、それからは、たまに電話で連絡を取り合ったりもしていました」

黒田に訊ねられるまま、雅一の事を語った。さすがに事故に遭った経緯や、彼の死に対していまだ後悔と自責の念に囚われている事は言えなかったが、八重以外にこんな話をしたのは黒田がはじめてだ。

話を聞いてもらったところでなんの解決にもならないが、常に感じていた胸のつかえが幾分楽になったように思う。

彼は黙って最後まで話を聞き、夏乃子が語り終えるなり肩を抱き寄せてくる。

「よく話してくれたね。ずっと辛かっただろうし、今もすごく辛いな」

黒田の掌が、夏乃子の濡れた頬をそっと拭った。

その感触が優しすぎて、夏乃子は思わず彼の掌に頬ずりをしたくなってしまう。

「私、雅一の事が大好きでした……」

黒田の優しさとぬくもりが掌を通して身体に染み入り、夏乃子はいつしか彼の胸にもたれて声を出して泣いていた。

ティッシュペーパーの箱があと少しで空になる前に、ようやく泣きやんで洟をすする。

ふと黒田の胸元を見ると、真っ白なシャツにメイクの染みがついていた。

「すみません……。こんな調子では、いつまでたってもお詫びなんかできそうにないですね」

夏乃子がそう言うと、黒田は染みがついたシャツを指先で撫でて、笑みを浮かべた。

「君になら、いくら染みをつけられても構わないよ。むしろ大歓迎だ」

黒田の指が夏乃子の顎をすくい、上を向かせた。大泣きした顔は、メイクも崩れてぐしゃぐしゃになっているはずだ。

ただでさえ、醜態を晒したあとなのに――

急にいろいろな事が猛烈に恥ずかしくなり、同時に雅一に対する罪悪感が込み上げてくる。

彼という人がいながら、いったい何をしているのだろう？

一刻も早く、黒田から離れなければ――

そう思った夏乃子は、車から降りようとした。

「私、もう帰らないと……」

「待った。そんな顔で街中を歩くつもりか？」

黒田に腕を掴まれ、そういえばそうだったとドアノブに掛けた手を下ろした。

こんな状態で歩いていたら、ぜったいに人目を引いてしまうだろう。

「あの、申し訳ありませんが、ここから一番近いタクシー乗り場まで送ってくれませんか？」

「そうするくらいなら、俺が自宅まで送り届けるよ」

「でも――」

「急に帰りたがるなんて、どうかしたのか？　理由を教えてくれ」

掴まれた肩を引かれ、再び顎をすくわれる。

見つめてくる目の力は強いが、とても温かい。その目に見据えられて、夏乃子は自分の心を囲む外壁が、グラグラと揺れて崩れそうになっているのを感じた。

「い……嫌なんです！　こうして黒田さんといるだけで、自分が知らないところへ流されてしまいそうで――。私、まだ雅一を忘れてないし、忘れるつもりなんかありません。なのに、あなたといると、自分が間違った方向に行ってしまいそうで怖いんです。だから――」

「それの、どこがいけないんだ？」

黒田が拍子抜けするほど、あっけらかんとした笑顔でそう訊ねてきた。けれど、目は笑っておらず、こちらの身がすくんでしまうほど強い眼光を放っている。

「俺も君もフリーだし、なんの問題もないだろう？　むしろ、俺は君に流されてほしいと思ってるくらいだ。まさか、一生雅一さんの事を引きずったまま生きていくつもりか？　そんなの君の選ぶべき人生じゃない」

きっぱりとそう断言されてしまい、夏乃子はとっさに首を横に振った。

「いいえ、私はそうしなきゃいけないんです」

「いいや、それは違う。もういい加減、過去に囚われるのをやめるんだ。いっその事、ぜんぶ俺のせいにして流されてしまえ」

背中をグッと引き寄せられ、二人の距離が近くなる。

今の黒田の目は、捕獲者のそれだ。

どうあがいても、最終的には捕まってしまう。

ふと、そんな考えが頭をよぎり、心の中で抗おうとするが、実際には一ミリも彼から離れられていない。

「君は自分の人生を歩むべきだ。こうして出会ったのには、きっと意味がある。だから、俺が君を方向転換させてやる。さっき『こんな調子では、いつまでたってもお詫びなんかできそうにない』と言ったね。だったら、お詫びとして、明日の朝まで俺の言いなりになるんだ」

「言いなりって……?」

「文字どおりの意味だよ」

つまり、明日の朝まで、彼に何をされても文句は言わないという事だ。

その間に何があるかわからない。

けれど、彼の言いなりになって流された末に、何かが変わるのだとしたら。

「どうする？　俺の言いなりになるか？」

黒田はそう言って、親指で夏乃子の唇の下を撫でた。

声はあくまでも優しい。

しかし、これほど圧倒的な力を感じた経験はないし、まるで猛虎の爪の下に組み敷かれた獲物になった気分だ。

自分は無力で、あとはただ、彼の意のままになるだけ――

もう、逃げられない。

夏乃子がゆっくり頷くと同時に、唇を重ねられた。温かな舌が口の中に入ってきて、より深いキスを打診するように上唇の裏をそっと舐(な)められる。

これほど優しくて思いやりに溢れたキスなんか、された事がなかった。

夏乃子は、たちまち黒田とのキスに夢中になり、彼に求められるまま舌を絡め合わせた。


それから、どんな過程を経てそうなったのか、正直あまり覚えていない。

気がついた時には、夏乃子は公園からさほど遠くない位置にある黒田の自宅に誘い込まれ、広々としたベッドの上で彼と裸で抱き合っていた。

二人は玄関に入るなり、まるで移動中の時間がなかったかのように唇を求め合い、競うように着ているものを脱ぎ捨てた。

裸になった身体を軽々と横抱きにされ、廊下の突き当りのベッドルームまで運ばれて、マットレスの上に二人して倒れ込む。

裸になった黒田の身体は逞しく、どこを触っても筋肉が硬く引き締まっている。

彼はすっかり無防備になった夏乃子の下腹に手を伸ばし、太ももの内側に掌を差し込んできた。

閉じた花房を指先で撫で上げられ、身体がびくりと跳ねる。久しぶりに熱を持ったそこが、ジンジンと火照り出した。

指が秘裂の中をゆるゆると捏ね回し、蜜窟の入り口を何度となく行ったり来たりする。たったそれだけなのに、息が上がり呼吸が乱れた。

まるで、あちこちに火が点いたみたいに身体が熱い――

夏乃子は身をくねらせて彼の愛撫を甘受し、抱き寄せてくる腕に指先を絡みつかせた。

「嫌と言うなら、今のうちだぞ？」

訊ねている間も、黒田は夏乃子の首筋に舌を這わせ、時折強く吸いついてきた。

「あ、ぁんっ！」

図らずも出てしまった声が、我ながらすごくいやらしく聞こえる。肩で息をしている夏乃子を見た黒田が、目を細くしてにんまりと笑う。

「私は今、あなたの言いなりになってるんでしょう？　どうして聞くんですか？」

「そうだけど、無理矢理女性を抱くのは本意じゃないからね」

強引なくせに、ギリギリになって選択の余地を残すなんて、ずるい。

その優しさが胸に沁みて、夏乃子は自分から彼の背中に腕を回した。

「嫌なんて言わない……。どうせなら、とことんあなたの言いなりになりたい」

言い終えると同時に、黒田のキスが唇に戻ってくる。

キスが終わると、彼はどこからか避妊具の小袋を取り出し、夏乃子の目の前で縁を噛み切った。

そして、夏乃子の両脚を引き寄せて、膝を立てさせたまま左右に大きく押し広げる。

「確かに聞いたぞ。もう取り消しはできないから、そのつもりで」

少しだけ威圧的。けれど、それを感じさせないほど口調が優しかった。

これほど誰かの腕の中へ自分を投げ出してしまいたいと感じた事なんか、なかったように思う。

夏乃子は黒田の肌に爪を立て、僅(わず)かに腰を浮かせた。

見つめ合った顔が近づき、唇の先が軽く触れ合うと同時に、熱く硬いものが身体の中に入ってきた。

「あっ……あ……、あああああっ……！」

挿入はゆっくりで、とても静かだ。けれど、これまで感じた事がないほど熱く凄まじい圧迫感が夏乃子を襲い、中がヒクヒクと震えた。

「大丈夫か？」

目を見つめながらそう言われ、かすれた声で「はい」と言った。

黒田は軽く頷くと、夏乃子の腰を腕に抱え込み、ゆらゆらと上下に揺すり始める。早くもグチュグチュという水音が立ち、自分のそこがいかに濡れているかがわかった。

ものすごく気持ちいい——

挿入して、一分も経たないうちにこれほど感じるなんてありえない——そう思うが、込み上げてくる快感に身体ごとどこかに持っていかれそうだ。

「ああんっ！　あんっ……！　ゃあぁ……」

徐々に揺れが大きくなり、それにつれて挿入も深くなる。切っ先が下腹の内側を抉るようにこすり上げ、少しずつ角度を変えながら中をまんべんなく捏ね回してきた。

それだけでも気が遠くなりそうになっているのに、黒田が胸の谷間をぺろりと舐め上げてくる。

彼は大きく口を開けると、夏乃子の右胸にかぶりついた。舌で乳暈を舐め回されたあと、強く吸い付かれて全身の肌が粟立った。

そうしている間も、腰の揺れはどんどん激しくなっていく。

しがみつく指先を黒田の背中に食い込ませるが、だんだんと力が入らなくなっていった。

離したくない——

そう思うものの、ふいに脳天を突き抜けるような愉悦を感じて、指が彼の背中から滑り落ちた。

すると、黒田の掌がすぐに夏乃子の手を握って、上から押し付けるようにして指を組み合わせてくる。

まるでシーツの上に、磔になったみたいだ。

手を固定されながら、何度となく腰を打ち付けられて、一瞬気が遠くなった。中はもう黒田のものでギリギリまで押し広げられ、彼が動くたびに内奥が快楽に打ち震えている。

「気持ちいいんだろう？　顔を見ればわかるよ」

唇へのキスで意識を呼び戻され、無意識に腰を浮かせて爪先を立てた。それに応えるように切っ先を奥までねじ込まれて、子宮の入り口をトントンと刺激される。

「ん……んっ……、んっ……！」

彼は夏乃子の目を見つめながら、緩急をつけて腰を振り続ける。唇を塞がれているから、声を出す事ができない。

そんなもどかしさに劣情を掻き立てられ、夏乃子は黒田の腰に両脚を巻き付かせた。それでもなおやまない腰の抽送に翻弄され、全身を熱く火照らせながら彼の舌に吸い付く。

これほど丁寧なセックスは、はじめてだ――

夏乃子は、めくるめく快楽にどっぷりと浸り、黒田を見る目をしっとりと潤ませる。

「可愛いな……。もっと俺のいいなりになるんだ」

命じられるなり首を縦に振り、絡めた指に力を込めた。しかし、彼は重ねた手を離し、挿入したままの状態で夏乃子の身体をぐるりと反転させる。

「ひあぁ……っ！」

経験した事のない強い刺激に、全身が熱く戦慄く。前のめりになった拍子に、蜜窟から黒田ののが抜けてしまい、途端に奥が切なくなる。しかし、すぐにうつ伏せになった腰をうしろから引き上げられ、上体を伏したまま腰を高く突き上げるような格好にされた。

こんな姿勢をとらされた事などない。しかも背後には黒田がいる。これだと、恥ずかしいところをぜんぶ彼に見られてしまう――いや、もう見られているに違いない。

瞬時に全身が羞恥にまみれ、身体全体がヒリヒリするほど熱くなる。

けれど、今の自分は黒田の言いなりだし、快楽に浸りきっている身体はこの状態を嬉々として受け入れてしまっていた。

唇を噛んで羞恥に耐えていると、黒田の掌に双臀をゆるりと撫で回された。

きっと、うしろから挿れられる。

そう思っていたのに、蜜窟に入ってきたのは屹立ではなく彼の舌だった。

「あっ……ダ……ダメッ……」

久々のセックスに夢心地になっていた脳が覚醒し、どうにか前に逃げようともがく。けれど、太ももを抱きかかえられており、身動きが取れない。

「ダメなもんか。君は、とことん俺の言いなりになりたいんだろう？　だったら、どんな事でも受け入れないとな」

さらに腰を高く上げさせられて、花芽を舌先で舐るように愛撫される。そこはもうパンパンに腫れ上がり、触れられただけで声を出さずにはいられない。

「やぁあんっ……。あ、あっ……」

たまらなく恥ずかしいのに、もうやめてほしいとは思わなかった。

それどころか、もっと黒田に好き放題にされたいと願ってしまっている。

夏乃子は上体を伏したまま身もだえて、堪えきれずに腰を揺らめかせた。彼の長い指が、つぷりと蜜窟の中に入ってくる。

小さく円を描くように中を捏ねられ、恥骨の裏側にグッと指を押し込まれた。途端に頭の中が真っ白になり、膝がガクガクと震え出す。

今度こそ逃げ出そうとシーツを指で掴んだ時、屹立が蜜窟の中に入ってきた。よほど待ち望んでいたのか、身体が悦びに震えて背中がグッと反り返る。

うしろから身体を抱きすくめられ、左肩に軽く噛みつかれた。

黒田の熱い吐息が、夏乃子の肌を火傷させる。

もっと、してほしい――

夏乃子はシーツに頬を押し付けたまま喘ぎ、震える唇で彼に懇願した。

「もっと、噛んで……。痕がつくくらい……強く――」

「いいよ」

黒田の歯が肩に食い込み、そこがジィンと熱くなる。

きっと、吸血鬼に魅入られた女は、こんな気持ちになるに違いない。噛みつかれ、屠られる事に底知れぬ悦びを感じ、身を投げ出して快楽に浸り墜ちていく。

熱すぎる交わりのせいで、身も心も溶けてしまいそうだ。

再び身体が反転し、向かい合わせになると同時に奥深く穿たれる。いつの間にか暴かれていた快楽の源を何度となく突かれ、身体が宙に浮いたようになった。

とっさに黒田の身体に腕を回し、腰に脚を絡みつかせて全身で彼に縋りつく。屹立の先が子宮の入り口を押し上げ、さらに奥に進みたがるように、そこを繰り返し突き上げてくる。

「あ、あ……っ……！」

ズンズンと重く打ちつけるような腰の抽送とともに、キスが何度となく唇に降り注ぐ。

この上なく淫らで、泣きそうなくらい気持ちがいい。

夏乃子は黒田の腰を両脚できつく締め付け、中を暴かれる悦楽に恍惚となった。彼のものが夏乃子の中で、一層硬く強張り、最奥を責め苛んでくる。愉悦が頂点に達し、頭の中でいくつもの光のつぶてが弾け飛んだ。

子宮から一番近いところで、屹立が吐精するのを感じる。

こんなに乱れたのは、生まれてはじめてだ。

身も心もトロトロに溶け、黒田の腕の中でぐったりとして力尽きる。

心臓が早鐘を打っているし、全力疾走したあとのように呼吸が荒い。

息が苦しいし、全身が甘い気怠さに包まれて指先さえ動かす事ができずにいる。

上に覆いかぶさったままでいる黒田が、夏乃子の顔中に、いくつものキスを落とし始めた。

彼の唇は、どうしてこうも優しいのだろう？

セックスが、こんなにも心揺さぶられるものだとは、知らなかった。

黒田からキスの雨を降らされながら、夏乃子はいつしか子供のように声を出して号泣していたのだった。

◇　◇　◇

「スターフロント弁護士事務所」には十人の弁護士が所属しており、ありとあらゆる法的な相談を受け付けている。

裁判所に合わせて土日祝日は休みだが、クライアントの都合に合わせて休日を返上して業務に当たる事もしばしばだ。

取り扱う分野は、個人であれば「相続」「離婚」「交通事故」「刑事事件」など。法人に関しては現在、顧問契約を結んでいる企業の依頼のみを扱っており、黒田を含む法務に精通した弁護士が対応に当たっている。

中でも「築島商事」は国内有数の総合商社のひとつであり、これまでに様々な商事訴訟や紛争案件を受任してきた。従業員数は五千人弱。担当弁護士は黒田であり、今も架空請求に関する社員の関与および被害金額の調査を請け負っている。

依頼されたのは、今から一カ月前。

発覚した経緯は企業内の特別監査によるもので、営業に携わる社員数名が取引先の役員と共謀して、実際には行っていない業務を発注し、架空請求された金額を騙し取った。

実際にそれが行われていたのは五年前の春からの二年間。

被害金額は六億円にのぼり、そのほとんどは高額商品購入や遊興費に消えている。

「築島商事」社員で関与が疑われている者は、営業関連の部署に所属する男性社員五名。依頼後、すぐに同社監査会と連携し、当該社員の特定がなされた。その後、速やかに調査と個別聴取が行われ、警察に告訴状を提出しつつ、現在は在宅事件として捜査中だった。

当該社員達は、いずれも将来有望なエリートと目（もく）されていた者ばかりという事もあり、上層部はかなりピリピリしている。

そのうちの一人が、戸川雅一という営業促進部課長だ。

五名の中でも特に将来を有望視されていたが、彼は事件発覚前に交通事故死している。

上司からの覚えもめでたく、女性社員にも人気があったようだが、ほかの当該社員達によると、戸川雅一には裏の顔があり、彼こそが架空請求の首謀者だという。

（まさか、こんな形で調査対象者とかかわりのある人物に出会うとはな……）

夏乃子と会った次の日、黒田は事務所のあるビルの七階で「築島商事」に関する資料を、今一度頭から精査していた。

事前に渡された調査資料には、調査対象社員それぞれの交友関係についても書かれていた。

そこには親族や交友関係はもとより、交際していた女性についての記載もされている。

調査資料によれば、戸川雅一には恋人がいた。しかしそれは、志摩夏乃子ではなく、「築島商事」の取引先の会社に勤務する取締役の一人娘とあった。

さらには、恋人のほかにも複数の交際相手がいたらしく、どうやらエリートなのをいい事に女性を口説きまくっていたようだ。

だが、複数の交際相手としてリストアップされた中にも志摩夏乃子の名前はなかった。こちらにしてみれば、彼女は突然現れた知られざる関係者だ。

彼女の話を聞いた時は心底驚いたし、それが本当の事だと判明した時は、なんとも言えない腹立たしい気分になった。

とどのつまり、戸川雅一は志摩夏乃子を都合のいい女として扱っていたわけだ。

（亡くなった人を悪く言いたくはないが、戸川雅一はかなりの遊び人だったようだな）

今思うと、この仕事を自分が請け負ったのは、運命なのかもしれない。

そうでなければ、あの日行きつけの文房具店で出会った志摩夏乃子に、強く惹かれたりしなかったと思う。

一見、どこにでもいる二十代の女性だが、出会った時の彼女の顔は、いかにも辛そうに見えた。

もともとは整った顔をしているのに、メイクは必要最低限で、髪はとりあえずひとつに括ったという無頓着ぶり。服装も地味で華がなく、何より覇気がなかった。

いったい何があってそうなったのか無性に知りたくなり、インクの染みをつけられたのを理由に彼女をデートに誘った。すっぽかされるのを覚悟で待ち合わせ場所に行ったら、彼女は律儀にもやってきて渋々ながらもデートに応じてくれた。

志摩夏乃子は、人一倍ガードが堅いのに心は驚くほど無防備で、それでいて頑なところのある女性だった。

公私ともに、これまで様々な女性と接してきたが、志摩夏乃子のような人には会った事がない。

過去の話を聞いてわかったのは、戸川雅一の死が彼女の人生に大きく影を落としているという事だった。恋人の死を心から悼み、その悲しみから逃れられないでいる。

だからこそあんな、人生における楽しみをすべて放棄したような悲しい顔で、華やかなショッピング街を歩いていたのだろう。

このまま放っておいたら、きっと悲しみの沼に沈み込んで息ができなくなってしまう――

そう思うほど彼女は痛々しく、とても素知らぬ顔をして素通りする事ができなかった。

職業柄もあって、かなりの頻度で女性から言い寄られる。

けれど、仕事で女性の様々な面を見ているだけに、ここ何年も特定の人を作ろうとは思わなかった。

そもそも、心惹かれるような女性はいなかったし、祖父が始めた事務所を受け継いでからは仕事に忙殺されていてそれどころではなかったのもある。

恋人がいなくても平穏に暮らせていたし、なんの不足もなかったが、志摩夏乃子と会った瞬間そんな日常が崩れた。

（あんなの、放っておけるわけないだろう）

誘ったのは、そう思ったから。

だからといって、その日のうちにベッドインするとは思わなかったが……

彼女に対して欲望を感じたのは、涙と鼻水でぐしゃぐしゃになった顔を見た時だ。女性の涙など見慣れていたし、その向こうに見え隠れする思惑にうんざりする事もしばしば。

しかし、志摩夏乃子の涙は純粋な悲しさからのもので、意図的なものは何も感じなかった。

だからというわけではないが、なぜか猛烈に彼女に惹かれ、たった数時間しかともに過ごしていないにもかかわらず、ぜったいに手に入れたいと熱望した。

彼女と身体を重ねるなり、今までのセックスはなんだったのかと思うほどの快楽を感じたし、終わったあと大泣きする彼女も愛おしくて仕方がなかった。

泣き顔も感じている時の顔も格別だし、恥ずかしがる表情を見た時には、彼女のぜんぶを食らい尽くしてやりたくなった。

三十二年間生きてきたが、これほどの激情を感じた事はなかったと断言できる。

そう言えるほど、心と身体が全力で志摩夏乃子を欲していた。

(戸川雅一は、志摩夏乃子との交際を周りに隠していた……。それは、何か理由があっての事か、体のいい浮気相手として弄んでいたのか……)

いずれにせよ、彼の関係者の中で、志摩夏乃子を知っていたのは地方在住の両親だけだった。

もしかすると、彼女が事件に関与しているのでは――

そう考えてみたものの、彼女の様子から判断するに、それはないという確信があった。むろん、調べてみないとわからないが、おそらく自分の亡くなった恋人が架空請求の調査対象者になっている事も知らないはずだ。

残されたデータからは、戸川雅一が事件の首謀者だと示すような証拠がいくつか出てきた。しかし、当然それだけで判断する事はできないし、今後さらに事実関係を調べる必要がある。

本人が亡くなっている事もあり、戸川雅一に関しては秘密裏に調べを進めており、彼の両親にも知らされていない。

弁護士の立場からすれば、彼女と戸川雅一との関係を知った時点で、かかわるのをやめるべきだった。しかし、そうとわかった時には、もうどうしようもなく彼女を欲してしまっていたのだ。

たとえどんな難壁があっても、ぜったいに諦めない。

黒田はそう固く心に誓うと、次にどうすべきか頭の中で考え始めるのだった。

黒田と一夜をともにした翌日、夏乃子は彼の事が気になって仕方なかった。

「スターフロント弁護士事務所」のホームページに載っていた経歴によると、黒田は国内最高峰の大学在籍中に予備試験と司法試験に合格し、その後司法修習を経て弁護士になった。卒業後は大手弁護士事務所に所属しながら、顧問契約を結んだ企業に出向して様々な法務に携（たずさ）わってきたらしい。

今の事務所を立ち上げたのは彼の祖父であり、黒田は今から三年前にそれを受け継いだ。とある有名サイトの口コミを見る限り、いずれも高評価で満足度が高い。

中には黒田個人に関する書き込みも多数あり、それによると彼は人柄がよく話しやすいし、親身になって対応をしてくれる理想的な弁護士であるようだ。

ほかにも、クライアントが不安にならないようこまめに連絡を入れたり、悩みや心配などの相談にも乗ってくれたりと、常に依頼者に寄り添う姿勢を絶賛されている。

(これなら誰だって、何かあったらこの人に頼ろうって思うだろうな)

現に、自分もそんな彼に救われた。

『もういい加減、過去に囚われるのをやめるんだ。いっその事、ぜんぶ俺のせいにして流されてしまえ』

『君は自分の人生を歩むべきだ。こうして出会ったのには、きっと意味がある。だから、俺が君を方向転換させてやる』

あの時黒田が言ってくれた言葉は、今もはっきりと覚えている。

予期せずベッドインしてしまったが、黒田のおかげで、夏乃子は確実に一歩前に踏み出せた。

黒田とのかかわりは、夏乃子に失くしていた感情を取り戻させ、知りえなかった世界の扉まで開いてくれた。

そう思えるほど彼とのセックスは身体的にも素晴らしいものだったし、何より心が癒された。

事後大泣きしてしまったのは、一時的でも抱えている苦しさから解放され、心が楽になったから。

それと、純粋に感動したからだと思う。

黒田は弁護士として優秀であるばかりか、必要に応じてかかわった人の人生を変えてしまうほどの力があった。

現に、夏乃子は彼によって自分の根底を揺さぶられたような気がしている。

(それにしても、まさかあんな展開になるなんて、思ってもみなかったな)

夏乃子は、黒田との出会いからベッドインするまでの事を、頭の中で思い返してみた。

心優しく、責任感のある彼の事だ。

夏乃子にあそこまで大泣きされて、放っておけなかったのだろう。

黒田にとって、夏乃子とのセックスは、いわば慈善事業のようなものだったに違いない。それ以上でも以下でもないし、当然付き合うとか付き合わないとかいう話ではなく――

（は？　付き合うとかなんとか、そういう発想自体おかしいでしょ）

身体を重ねたせいか、思考が勝手に黒田のほうに流れていく。

思春期の女の子じゃあるまいし、一度寝たくらいで、どうしてこうも気持ちが乱れるのだろう？

せっかく停滞していた状態から抜け出たのに、また別の沼にはまり込んだみたいだった。

悶々(もんもん)としたまま時を過ごした次の日の夜、夏乃子は八重に黒田との一件で呼び出されて、彼女の自宅マンションを訪ねた。

手土産(みやげ)に持ってきたLサイズのピザを食べ、缶ビールを開けながら、八重に聞かれるまま彼の経歴と、夜をともに過ごした経緯について話した。

聞き終えた八重は、座っていたクッションから立ち上がり、拍手喝采(かっさい)で大喜びした。

「よかったぁ！　あれからどうなったか、ずっと気になっていたのよ。そっか～、ラテン系のイケメンとベッドイン――しかも、相手はリッチで優秀な弁護士だなんて、最高じゃないの！」

「最高って……。私、別にあの人と付き合うつもりなんかないから」

夏乃子がそう言うなり、八重が目の前にしゃがみこんで眉間に縦皺(たてじわ)を寄せる。

「何言ってんのよ。せっかくの出会いだよ？　相手は文句なしの外見と経歴だし、身体の相性もいいときたら、ぜったいに付き合うべきだよ！」

「ちょっ……身体の相性って――」

「だって、はじめてイッたんでしょ？　それだけでもめっけもんよ。私だって、今彼に会うまで、ずっとイッたふりしてたのよ。イケるイケないは重要だよ。それがあるとないとでは、セックスで得られる感動が違うもの」

八重が持論を展開するのを聞きながら、夏乃子は黒田との事を思い出す。

彼に救われた事は確かでも、たまたま知り合っただけの相手だし、はなから付き合うつもりなんてない。

第一、それは雅一への裏切りになる。

ワンナイトラブをした時点で裏切ってしまった事になるが、万が一にも二度目があってはいけないのだ。

夏乃子がそう言うと、八重が居住まいを正して、正面から目を合わせてきた。

「夏乃子が人一倍生真面目で頑固なのは、よ～く知ってる。夏乃子は雅一さんとしか付き合った事ないし、彼を今も大事に思う気持ちもわかるよ。だけど、もう十分だよ。夏乃子は雅一さんの分も幸せにならないと……。それに、せっかく心が動いたんなら、その気持ちに素直になりなよ」

八重はすべての事情を知った上で、日頃から幸せになれと言ってくれる。だが、罪の意識はきっと一生消えないだろうし、生涯抱えていく覚悟もできているつもりだ。

「状況が状況だったとはいえ、その人とベッドインしたんでしょ。夏乃子の事だから、気持ちがなければそうはならなかったと思うし、きっとこれは運命の出会いだよ」

確かに、夏乃子の身持ちは堅いほうだし、間違っても軽い気持ちで誰かと身体の関係を持つようなタイプではない。そんな自分が、図らずも出会ったばかりの男性とセックスをしてしまった。

事実は事実だし、言い訳のしようがない。

けれど、だからといって付き合うなんて無理だ。

「そもそも、あっちがその気じゃないと思う。私との事は、単なる慈善事業みたいなものだろうし、きっと連絡もないまま終わりだよ」

「そうかなぁ……。私は、そうじゃないと思うけどな。だって、向こうは夏乃子のお母さんの電話に出て彼氏だって宣言してくれたんでしょ？」

「それは、ただ単に行きがかり上、そうしただけだって」

八重はなおも黒田にはその気があると言って、ニヤニヤしている。しかし、そんなドラマみたいな展開があるはずがない。彼に救われたのは確かだが、ただそれだけだ。

「とにかく、彼とはあれで最後だし二度と会わない。私は、もう誰とも恋愛も結婚もする気はないわ。八重が心配してくれてるのはわかるけど、雅一を忘れて幸せになるなんて、無理なの」

夏乃子は、きっぱりとそう言い切り、話を終わらせた。

八重の家から帰宅すると、夏乃子は暖房をつける前に壁際の本棚の上に置いた雅一の写真に手を合わせた。その前には、彼が遺（のこ）した白いリングケースが置かれている。

それは、雅一が事故に遭った時にポケットに入れていたものだと、彼の両親から託されたものだ。

二人とは雅一と付き合い出して、割とすぐに顔を合わせており、忙しい彼に代わって時々連絡を取り合っていた。

そんな事もあり、夫婦は夏乃子を一人息子の婚約者として、身内だけで行われた葬儀にも参列させてくれたのだ。

『これは、あなたのものよ』

雅一の母親は、そう言って彼の葬儀のあとでリングケースを手渡してくれた。中にはブルートパーズの指輪が入っており、小さなハート型のカードが添えられていた。そこには何も記されていなかったが、おそらくあとで何かしら書こうと思っていたのだろう。

一度は辞退したが、雅一の両親に頼み込まれて、今ここにある。

けれど、夏乃子は一度も指輪をつけていないし、手に取ってみたのも一度だけだ。彼の写真の前に置いているのは、自分に対する戒め（いまし）のような気持ちからだった。

(ごめんね、雅一……)

夏乃子は今一度、彼の写真に手を合わせて謝罪した。

一時的にでも彼を忘れ、裏切るような行為をしてしまうなんて……

自分の愚かさが腹立たしい。

今日だって、黒田との話を聞いた八重が、どんな反応を見せるかなんて簡単に想像できた。それなのに、わざわざ報告しに行ったのは、心のどこかで黒田との事を受け入れたいと思っていたからではないのか。

己の甘さを苦々しい思いで切り捨てると、夏乃子はバッグに入れっぱなしにしていた黒田の名刺を取り出して、細かく破いた。

それをゴミ箱に捨てると、すべて終わったとばかりに大きなため息が出た。気持ちを切り替えてバスルームに向かい、バスタブにお湯を張る。

夏乃子の住まいは都内にある学生街の端にあるアパートの二階で、駅から徒歩で十分。新しくはないし風呂とトイレは同じだが、間取りは１ＤＫでベッドルームにしている六畳の洋間のほかに四畳半の和室もある。

近くには小学校や交番もあり、治安もいいので住み始めてもう六年目だ。

（実家には帰る予定なんかないし、このままずっとここに住み続けるのかな……）

洋服を脱いで洗濯機の前に行き、下着をその中に入れてスイッチを入れる。

洗面台の前に立ち、身体を傾けて左肩を鏡に映した。

そこには、黒田がつけたキスマークがバッチリ残っている。数日経って多少色は薄くなったが、まだしばらくは襟の開いた洋服は着られないだろう。

（噛んでとは言ったけど、キスマークをつけてなんて言ってないのに）

それはまるで薔薇の花びらのようだが、いくら手で払っても落ちる事はない。

夏乃子は、そうとわかっていながらもキスマークを指先でピンと弾いた。痛くも痒くもないが、なぜかそれに触れるたびに胸がざわついて仕方がない。

ゆっくりと湯に浸かり、風呂上がりに何か飲もうと冷蔵庫を開ける。真っ先に目についたのは、黒田からプレゼントされたハーブ酒だ。

彼とベッドインした翌朝、黒田は夏乃子を車で自宅まで送っていくと言ってくれた。けれど、どこに住んでいるか知られたくなかったし、一刻も早く彼から離れたかったので辞退した。

それでも、せめて黒田のマンションの最寄り駅までは送らせてくれと頼まれ、別れ際にハーブ酒を持たせてくれたのだ。

(つい受け取っちゃったけど、ずうずうしいったらないよね……)

ともに過ごした夜の記憶はまだ新しいが、きっと肩のキスマークと同じで、時が経てば綺麗さっぱり消えるに違いない。

(そうじゃなきゃ困るわよ)

冷蔵庫からミネラルウォーターのペットボトルを取り出し、コップに注いでごくごくと飲み干す。

それをシンクに置いた時、和室に置いていたスマートフォンの着信音が鳴った。

画面を見ると、電話帳に登録のない知らない番号からだ。もう夜も遅いし、さすがにセールスの電話ではないだろう。

夏乃子は受電ボタンをタップして電話に出た。驚いた事に、電話をかけてきたのは黒田だ。

『遅い時間に、ごめん。だけど、俺からの電話を待ってるんじゃないかと思ってね』

「は……?」

彼から電話をもらう事自体驚きだが、言われた言葉にもびっくりさせられた。どう返事をしようか迷っていると、黒田がまた口を開く。

『もしかして、気づいていないのか？　君の万年筆は、俺が預かったままなんだけど』

「……あっ！」

そういえば、公園で互いの万年筆の書き心地を試した。そのあと、彼の万年筆とメモホルダーを返したが、自分のものは返してもらった記憶がない。

「気づいていませんでした」

『やっぱりな。じゃあ、今度いつ会える？　なんなら今すぐに君がいるところまで持っていってもいいけど』

「それは、いけません！」

今の自分は、裸にバスタオルを巻いただけの姿だ。

夏乃子は無意識に胸元を掌で押さえ、下着がしまってある引き出しを開けた。しかし、スマートフォンを持ちながら下着を着けるのは容易ではない。

仕方なくスピーカーボタンをタップし、大急ぎで下着と部屋着を身に着けた。それに気を取られている間に、黒田は夏乃子の予定を矢継ぎ早に訊ねてくる。

明後日の早朝から地方に三泊四日の取材旅行に行く予定だ。予備の万年筆はあるが、持っていくなら使い慣れたもののほうがいいに決まっている。

『それなら、少し遅くなるけど、明日の夜はどうだ？　仕事道具がないと困るだろうし、取材で地方に行くなら、なおさらいつも使い慣れているものでないと調子が狂うんじゃないか？』

それはそうだが、黒田とは二度と会わないと心に決めたばかりだ。

それなのに、また顔を合わせるなんて……

けれど、使い慣れた万年筆を取り戻さないわけにはいかなかった。

「あの……宅急便で送ってもらうわけにはは――」

『万年筆は、直接会って手渡しする』

断固とした言い方で、彼がそれ以外の方法では万年筆を返すつもりがない事がわかる。

顔を合わせるのは、ものすごく気が進まないが、背に腹は代えられない。

「では、申し訳ないんですけど、明日の夜、お時間をもらってもいいですか？」

『もちろんだ』

結局、明日の午後九時に彼のオフィスの七階で待ち合わせをする事になった。

まさか、もう一度黒田と顔を合わせる事になるなんて、完全に予定外だ。

できれば会いたくないが、万年筆を返してもらうためには致し方ない。

電話を切ったあと、風呂掃除をしようとバスルームに向かった。ふと見た洗面台の鏡に、口元を綻(ほころ)ばせた自分の顔が映っている。

「は？　何笑ってんの!?」

思わず自分を怒鳴りつけ、すぐに鏡から目をそらす。

今の笑みは、取材前に万年筆が手元に戻ってくるのが嬉しかったからだ。断じて黒田に会えるからではない。

夏乃子は意図的にしかめっ面をしながら、いつもより強い力加減で浴槽を洗い始めるのだった。

翌日の土曜日、夏乃子は午後八時五十五分に「スターフロント弁護士事務所」のあるビルの前に立った。

服装は持っている洋服の中で一番新しいものを選んだ結果、チャコールブラウンのカットソーにベージュのボックススカートという、今ひとつパッとしないコーディネートになった。

（もう少し、見栄えのいい格好をしてくればよかった……って、そんなのどうでもいいでしょ！）

ただ万年筆を返してもらうだけなのに、服装なんてどうでもいい。

夏乃子は、無意識に黒田の目を気にしてしまった自分を、心の中で叱りつけた。

コートを脱がないまま万年筆の受け渡しを済ませ、一秒でも早く帰る。

そう決めて上を見ると、七階だけ煌々と明かりが点いている。土曜日の遅い時間だし、いるのは黒田だけである可能性が高い。

夏乃子はコートの襟を片手でギュッと握りしめ、意を決してビルの中に入った。

エレベーターで七階に向かい、廊下に降り立つ。フロアの構造は、見たところ先日訪れた五階と同じだ。

時刻を確認し、午後九時になるのを待つ。

（うう……緊張する……）

フリーライターという仕事をする上で、緊張する場面は多々ある。けれど、今から対峙する相手は、図らずも一夜を過ごした相手だ。

どんな顔をして会えばいいのか見当もつかない。どうにか平常心を取り戻そうと、目を閉じて軽く深呼吸をしてみる。

（今日は、ただ単に万年筆を返してもらうだけ。これをクリアすれば、もう二度と会わずに済むんだから……）

ゆっくりと目を開け、自分にそう言い聞かせた。

そうこうしているうちに約束の時間になる。

夏乃子は廊下を右に進み、事務所名が書いてあるプレートの貼られたドアをノックした。

すると、すぐに中からにこやかな笑みを浮かべた黒田が出てきた。今夜の彼はダークグレーのスーツ姿だが、ネクタイはしておらず、襟元のボタンがひとつ外されている。

「やあ、予想どおり、九時ジャストに来たね。さあ、中に入って」

ドアの中は一般的なマンションの玄関のようになっており、フローリングの床の向こうにガラス戸がある。

「いえ、万年筆を受け取ったらすぐに帰りますから――」

夏乃子が入り口から動かずにいると、黒田がラックからスリッパを出してくれた。

「そんな事言わずに、お茶くらい付き合ってよ。君が来ると思って、美味しいスイーツを買ってきたんだ」

「私、甘いものはさほど好きじゃないので」

「そう言われるかもしれないと思って、ほろ苦い絶品スイーツを用意してある。わざわざ足を運んでくれた君のために用意したんだ。一口だけでも食べてもらいたいな」

「でも、もう遅いですし」

「大丈夫。帰りは、ちゃんと送っていくから心配ないよ」

ああ言えば、こう言う。

一刻も早く万年筆を受け取って帰りたいのに、彼はすぐに返すつもりはないみたいだ。あれよあれよという間にコートを脱ぐのを手伝われ、奥の部屋に通された。そこは事務所というよりは個人宅のリビングルームと言ったほうがいいような雰囲気をしている。

「『天楼堂(てんろうどう)』って知ってる？　あそこの『ブラックチョコレートケーキ』だ。お茶は本場イギリス直輸入のアールグレイか、俺特製のコーヒー、どっちにする？」

「天楼堂」の「ブラックチョコレートケーキ」は甘党でない人が喜ぶ絶品スイーツとの噂を聞いた事がある。緊張感で晩御飯どころではなかったし、実のところ喉も渇いていた。

そう思っているところに、期待を込めた目で見つめられ、つい返事をしてしまった。

「じゃあ、特製コーヒーで」

「甘いものが好きじゃないなら、ブラックかな？　ケーキが甘さ控えめだから、砂糖抜きのカフェオレも合うと思うよ？」

「では、カフェオレで」

「了解。すぐに淹(い)れるから、そこに座って待ってて」

示されたソファに腰掛けると、黒田が部屋を出ていく。部屋の中を見回してみると、五階の事務所同様、法律関係の本が多数置いてある。

しかし、インテリアはシックなモノトーンで統一されており、どう見てもオフィスには見えない。ソファ前のローテーブルは黒の大理石だし、窓際の大きな観葉植物や壁に寄りかかるようにして置かれているフレーム付きのアートポスターもおしゃれすぎる。

ひょっとすると、八重同様忙しい時に寝泊まりするために、七階部分を個人的に使っているのかも……。そうだとしたら、ここはもう彼の第二の自宅のようなものだ。

そう考えるなり、夏乃子はソファから立ち上がった。

もし本当にここが黒田の私的空間なら、今すぐに帰るべきだ。しかし、まだ万年筆を返してもらっていない。どうしたものかと逡巡しているうちに、コーヒーの芳しい香りとともに、ジャケットを脱いだ姿の黒田が部屋に戻ってきた。

「お待たせ――あれ？　なんで立ってるんだ？」

彼の両手は、それぞれにコーヒーとケーキの載ったトレイで塞がっている。とりあえず、万年筆を返してもらうまでは、ここにいなければならない。

「も、持ちます」

夏乃子はとっさに黒田のもとに駆け寄り、コーヒーの載ったトレイを受け取ってテーブルに運んだ。

「ありがとう。熱いから気をつけて」

言われなくても、コーヒーくらいちゃんと運べる——そう思っていたが、スリッパを履いた爪先がラグの端に引っかかりそうになった。

あわてて誤魔化すも、黒田にしっかり見られていたみたいだ。

「君って、しっかりしているようで、結構抜けているところがあるよな。そういうところも可愛いよ」

「はぁ？　なっ……何をいきなり——」

「ほら、よそ見してるとコーヒーが零れるぞ。とりあえず、座ってカフェタイムだ」

前にも思ったが、黒田といると調子が狂う。

抜けているだの、可愛いだの……

もともと軽かった口調がさらに砕けてきているし、こちらが何を言っても飄々(ひょうひょう)とした態度を崩さない。けれど、今日も顔を合わせた時から、ずっと口角が上がっており、いかにも機嫌がよさそうだ。

ここはもう、彼の言うとおりにしておいたほうがいいだろう。

夏乃子は観念して、大人しくソファに座り直す。黒田がL字型ソファの角を挟んで夏乃子の右前に腰を下ろし、テーブルに置いたコーヒーとケーキを手際よくそれぞれの前に置いてくれた。

（とりあえず、いただこう）

夏乃子は「いただきます」と言ってフォークを持ち、ケーキを切り分けて、口の中に入れる。咀嚼(そしゃく)すると、甘さとともに深みのある苦みが口いっぱいに広がった。スイーツ好きの人には甘さが足りないだろうが、そうでない自分にはちょうどいい。

淹れてくれたカフェオレも香り高く、コーヒーとミルクの配分も絶妙だ。

仕事で日本全国を飛び回り、行く先々で評判のいいカフェに入る事も多い。それらと比べても、黒田の淹れてくれたカフェオレは引けを取らない。

「……美味しい……」

思わずそう呟くと、黒田が目を細くして、にっこりする。

「だろ？　コーヒーに関しては、バリスタの友人からみっちり淹れ方を教えてもらったから、ちょっと自信があるんだ」

「どうりで、お店の味に負けてないと思いました。ケーキも美味しいです。これについては、好みが分かれそうですけど」

「気に入ってくれたのなら、よかった。俺も甘いものはさほど好きじゃないけど、このケーキは定期的に食べたくなるんだ」

夏乃子は黒田の意見に同意し、ケーキを食べ進める。本当は早く食べ終えてカフェタイムを終わらせるべきだが、わざわざ用意してくれたものだし、とても美味しくて急いで食べるのをもったいなく思った。

黒田と一緒にいればいるほど、彼のペースに巻き込まれる気がしてならない。

最初は躊躇したり拒んだりするが、結局は彼を受け入れてしまっている。

今だってそうだ。

危機感を感じた夏乃子は、今の雰囲気を変えようと黒田に質問を投げかけた。

「あの……案内板では、七階も『スターフロント弁護士事務所』になってますけど、あまり事務所っぽくないですね」

「ああ、ここはもともと事務の倉庫として使っていたんだけど、忙しい時に俺が寝泊まりできるよう片付けたんだ。そうしたら、結構居心地がよくてね。今は俺のセカンドハウスみたいになってる」

「やっぱり」

小声で言ったつもりだったが、黒田に聞かれてしまった。

彼に問われて、夏乃子は自分の親友も会社を経営しており、同じように事務所で寝泊まりする事があると話した。

「なるほど。ちなみに、その社長って男性かな？」

「いえ、女性ですけど」

「そうか。君は仕事柄、大勢の人と接するだろうし、俺としてはちょっと心配だな」

「心配って、何がですか？」

黒田が珍しく表情を曇らせて、深刻な顔をする。

「もちろん、俺以外の男に君の気持ちが行ってしまわないかどうかだ。いや、別に君を信用していないわけじゃないんだ。ただ、君という人を知って以来、俺はすっかり嫉妬深い男になったみたいで、自分でも驚いているんだが――」

「はい？　ちょっ……ちょっと待ってください！　嫉妬ってなんですか？　私達、別に付き合ってるわけじゃないですよね？」

何を言い出すのかと思えば、いくらなんでもふざけすぎだ。

夏乃子が表情を硬くしていると、黒田が傷ついたような顔をして片手を自分の胸に当てた。

「俺は付き合っているつもりだったけど、君はそうじゃないのか？」

「はっ⁉　どうしてそんな話になるんですか」

夏乃子は最後の一口を残して、フォークをケーキ皿に戻した。黒田は依然としてショックを受けたような顔をしている。

「どうしてって、俺達は、お互いにトロトロになるまでセックスした仲じゃないか。俺は君の身体の隅々まで知っているし、君の感じるところもちゃんと把握してる。なんなら、それが本当だって今から証明してもいいよ」

黒田が立ち上がり、夏乃子の左隣に座り直す。それまでの雰囲気が一変し、夏乃子の身体が一瞬にしてヒリヒリするような緊張感に包み込まれた。

「なっ……なんで、そんな事……」

「だって本当の事だし、俺達は身体の相性が抜群にいいだろう？　付き合わない理由がどこにある？」

「理由って、私達、つい先日会ったばかりですよ？」

「確かに。それで、会ったその日のうちに裸で抱き合ったんだ。まさか、忘れてやしないよね？

君は『とことんあなたの言いなりになりたい』って言って、俺は君の言うとおりにしてあげた。二人して果てたあと、俺は君の全身にキスをして気持ちよくしてあげただろう？」

「そ、それ以上、言わないでっ！」

夏乃子はとっさに黒田の口を掌で覆い、彼の言葉を封じた。

確かにそう言ったし、事後降ってきたキスの雨は、顔だけではなく夏乃子の全身を覆い尽くした。文字どおり、頭のてっぺんから爪先まで。

黒田との交わりに夢うつつになっていた夏乃子は、彼にされるままうつ伏せになったり大きく脚を開いたりしたのだ。

「ひっ……」

口を封じていた掌をぺろりと舐め上げられ、驚くと同時に腰がソファからずり落ちそうになる。

彼の腕に支えられてもとの位置に戻ると、黒田の顔が目の前に迫ってきた。

「ほら、肩にキスマークが残ってる。君は噛んでくれと言ったけど、柔肌に噛み痕をつけるのは忍びなくてね」

彼の視線を追って、自分の左肩を見る。いつの間にか肩にかけていたショールが肘までずり落ちてキスマークが丸見えになっていた。

カットソーの襟はさほど開いていなかったが、体勢が崩れたせいで肩が見えてしまったようだ。

あわててショールを掛け直したが、もう遅い。

夏乃子はニヤニヤしている黒田から顔を背けようとした。しかし、顔の角度を変えられ、危うく唇同士がくっつきそうになる。

「俺はこう見えて紳士だし、職業柄もあって君の同意なしにキスもセックスもしないから、そこは安心していい。だが、一応言っておくけど、俺は今夜君をここへ招き入れた時からムラムラしてる。キスくらい許してくれないかな？」

黒田が夏乃子の目を見つめ、唇がチュッとリップ音を立てる。

こんなふうに口説かれた経験などない夏乃子は、首を横に振りながらソファの背もたれに身体を押し付けた。

「ゆ、許すわけがないでしょう？　あ、あれは偶発的に起きた出来事っていうか……よく言うワンナイトラブってやつで、付き合うとか付き合わないとかいうのとは違うし――」

「ワンナイトラブ？　君はそうだったかもしれないが、俺は違う。そもそも俺は一晩の快楽のために女性をベッドに誘うような事はしない」

黒田の口元から笑みが消え、眉根にぐっと力が入った。

彼の真剣そのものといった表情を見て、夏乃子は言おうとしていた言葉を呑み込んだ。

「俺は本気だ。最初は遊びでもいい。必ず本気にさせてみせるから、俺の恋人になってくれないか？」

笑顔で軽口を叩いたかと思えば、今度は真顔で恋人になってほしいと言い出す。

この流れは、危険だ。

前に会った時のように、流れに乗せられて逃げられなくなりかねない。それでまた、雅一を裏切るような事になったら……

　いや、それだけは避けなければならなかった。

「む……無理ですっ……」

　夏乃子は黒田の視線を感じながら、皿に残ったケーキを急いで口に入れ、カフェオレを一気に飲み干した。そして、そそくさと帰り支度をして玄関へと急ぐ。

　すぐに立ち上がった様子の黒田が、夏乃子のあとを追ってくる。

　夏乃子は入り口まで来ると、くるりとうしろを振り返って片方の掌を前に突き出した。

「万年筆、返してください」

　断固とした物言いに、黒田が微笑みながら眉尻を下げた。そして、仕方がないといったふうに胸ポケットからボルドー色の万年筆を取り出す。

「今夜のデートはもう終わりか。残念だな」

　彼はそう言いながら、渋々といった様子で夏乃子のコートのポケットに万年筆を入れてくれた。

　夏乃子は礼を言って靴を履き、腰を屈めて脱いだスリッパを揃えた。そして、起き上がりざまに近づいてきた黒田を制した。

「ストップ！　一人で帰れます。というか一人で帰らせてください！　そうでないと私、もう二度と黒田さんには会いませんから！」

　黒田はなおも追ってこようとしたが、夏乃子の最後の言葉を聞くなりピタリと足を止めた。

「――という事は、一人で帰らせてあげたら、また会ってくれるんだね？」

彼はそう言うと、夏乃子の表情を窺うような視線を投げかけてくる。

「なんでそうなるんですか。そもそも、どうして私なんかに構うんです？」

「惚れたからに決まっているだろう？　君と出会って、身も心も夢中になったんだ。あの夜は君も俺に夢中になってくれたじゃないか。忘れたとは言わせないよ。君が俺の背中につけた爪痕（あと）を、見せてあげようか？」

黒田がシャツのボタンに手を掛けて、ニッと笑う。

「け……結構です！　さよなら！」

夏乃子は急いでドアを開け、廊下に出た。

「気をつけて帰るんだぞ――」

そう声を掛けてくる黒田の声が、ドアの向こうに消えた。

エレベーターに向かいながら、うしろを振り返ってみたけれど、ドアは閉じたままだ。

（恋人になってくれだなんて、冗談にもほどがあるわよ！）

万年筆は戻ってきたし、彼とかかわるのはもうこれで最後だ。

見るからに女性に事欠かないイケメンの言う事など、鵜呑（うの）みにする気はサラサラない。

エレベーターが来るのを待ちながら、夏乃子はもう一度ドアのほうを見た。

目的は果たしたのに、どうしてこうも立ち去りがたいのだろう？

（……私ったらどうかしてる）

夏乃子はポケットに手を入れ、使い慣れた万年筆を握りしめた。

そして、やってきたエレベーターに乗り込むと、もう二度とここには近づかないと誓いながら駅への道を急ぐのだった。


三泊四日の取材旅行は、天候にも恵まれておおむね順調に終わった。

今回の旅は、とある県の魅力を再発見するというテーマで、宿泊先はのどかな雰囲気が漂う温泉宿だ。日中は、これまで注目されなかった穴場スポットを訪れ、地元の人に取材をしながらグルメやアートスポットを開拓した。

夏乃子は取材旅行に行くと、毎回帰宅後すぐに原稿を書き始め、記憶が新しいうちに一気に記事を書き上げる。

今回も朝から夜遅くまでパソコンのキーを叩き続け、撮った写真を選定して記事にまとめ上げた。

その後、クライアントと何度かやり取りをしたのちに、無事クリスマス前に納品完了となった。

達成感を味わう暇もなく年末に急遽取材を伴う仕事が入り、飛行機で九州に飛んだ。

気がつけば大晦日と元旦が過ぎており、やるべき事を終えて一息ついた時には、一月も中旬に差しかかっていた。

(今年も、お正月らしい事はなんにもしなかったな)

フリーランスで仕事をしていると、時に行事や季節ごとのイベントなどが頭から抜け落ちる事がある。独り身の気楽さもあり、クリスマスや大晦日、正月も仕事が入ればそっちのけだ。

それでも、雅一と付き合っていた頃は、できる限り彼のスケジュールに合わせて予定を組んでいた。しかし、彼を失った今、仕事以外のものは、あってないような生活になっている。

雅一は生前「築島商事」という大手商社に勤務しており、常に忙しく休日出勤は当たり前だった。繁忙期にはひと月近く会えない事もしばしばで、口癖は「疲れた」と「眠い」。

連絡だけはこまめにしてくれていたが、デートはほとんど夏乃子の自宅で、どこかに出かける事は少なかった。実際、宿泊を伴う旅行をしたのは、交際期間中一度だけ。

予定が変更になるのもしばしばで、クリスマスもバレンタインも、ほとんど一緒に過ごした事なんかなかった。互いの誕生日すら後日祝うのが当たり前だったくらいだ。

忙しい雅一と過ごした時間は多くなかったけれど、夏乃子の心はいつも彼に寄り添っていたし、一人の時も自分には雅一がいると思えば安心できた。

むろん、寂しくなかったと言えば嘘になるし、もっと雅一と一緒にいたかった。

今となってはもう遅いが、多少無理を言ってでも彼と会う時間を増やせばよかったと後悔している。

（雅一……）

これまでに、何度となく雅一の名前を呼び、彼との日々を振り返っては想い出の中に心を沈ませてきた。会いたい気持ちは募るばかりなのに、雅一とはもう二度と会えないのだ。

自分は今まで、好きな事を仕事にできた喜びを感じながら、それなりに人生を楽しんできた。けれど、雅一の死後、その生活は一変してしまった。何をしても心が動かないし、どんなに美味しいものを食べても、砂を噛むように味気ない。

色鮮やかだった生活は灰色になり、八重曰く、一時期はすっかり感情が抜け落ちて、廃人のようになっていたらしい。

ただ、そんなふうになっている間も、受けた仕事だけはきちんとこなしていた。

仕事には決してプライベートを持ち込まない――それは、夏乃子が社会人になってから守り続けているポリシーでありルールだ。それを遵守してきたからこそ、実家を出てたった一人でやってこられた。

雅一を失ってからの一年半は、とにかく仕事にのみ集中して新規の仕事を得るために営業をかけまくった。

仕事をしている間だけは、辛い事を考えずに済む。おかげで、かなりクライアントを増やせたし、それが今の生活の安定に繋がっていた。

何より、ビジネスモードに入れば、夏乃子は以前のような自分でいられた。

取材から帰るとすぐに原稿を書き始めるのは、そのためでもあった。そうでないと、取材時の高揚感を記事にぜんぶ織り込めないからだ。

だから取材後の夏乃子は、自宅で原稿と向き合い、ひたすら集中してパソコンと睨めっこをする。

最後の文字を打ち終えた今、夏乃子は和室に置いたこたつで精魂尽き果てていた。

寝不足で目がショボショボしているし、力を出し切ったから動くのも億劫だ。

眠くなったら眠り、喉が渇いて目が覚めたらこたつの上に置いたペットボトルからお茶を飲む。

それを繰り返しているうちに、いつの間にかもう夜だ。

さすがに空腹を感じて冷蔵庫から冷凍のパスタを取り出し、調理が終わったところで、こたつの上に置いていたスマートフォンに着信があった。熱々のパスタを急いでこたつに運び、画面を見る。

誰かと思えば、八重だ。

「もしもし？」

『夏乃子、聞いてよぉ～！　康太が～』

電話に出るなり、聞こえてきたのは八重のガラガラ声だった。

彼女には三年前から付き合っている三つ年上の佐々木康太という恋人がいる。二人は結婚の約束をしており、連休を利用して二人して泊まりがけの旅行に行っていたはずだ。

「どうしたの？　康太さんと何かあった？」

『あったも何も、康太ったら私を騙してたの！　あいつ、既婚者だったのよ。しかも、秋には子供が生まれるって――』

まさかの報告に、夏乃子は取るものもとりあえず、八重の自宅に向かった。

行ってみると、八重はお酒を飲んでいたのか、酔っぱらった状態で夏乃子を迎えた。

一部始終を聞いてみると、どうやら旅行先の旅館に恋人の妻が乗り込んできたらしい。あとはもう絵にかいたような修羅場で、帰り着いてウイスキーをストレートで呷ったあと、夏乃子に電話をしたらしい。

「何それ……。じゃあ康太さん、ずっと既婚者なのを隠したまま八重と付き合って、結婚の約束をしたって事？」

「そうよ。あいつ、ご丁寧にも浮気用のマンションまで借りて、私と恋人ごっこをしてたの。奥さんも働いてて、休みが合わないのをいい事に、好き放題してたのよ。康太、去年うちの親にも会ったのよ？　なのに、既婚者？　子供が生まれる？　冗談じゃないわよ～！」

佐々木には夏乃子も何度か会った事があるが、見るからに温厚そうで浮気などしそうなタイプには見えなかったのだが……

「奥さん、子供も生まれるし、康太とは離婚するつもりないみたい。私の事を訴えるって息巻いてるし、康太は奥さんと私の間でオロオロしちゃって……」

佐々木の妻が言うには、夫は浮気相手にたぶらかされて愚かな行動をとってしまった。ゆえに、慰謝料をとるのは当然だし、今後二度と夫に近づかないよう誓約書を書いた上で、東京から出ていけとまで言っているそうだ。

「そんなの、向こうの勝手な言い分じゃない。八重だって被害者なのに」

「そうよ。私だって被害者だし、慰謝料をもらう立場なのに、なんであそこまで言われなきゃならないのよ～」

勝気な八重がここまで大泣きするなんて、ほかにも相当ひどい事を言われたに違いない。

聞けば、佐々木の妻は中堅アパレル会社の社長をしているようで、言動から判断するとかなりきつい性格であるようだ。

「ねえ、夏乃子。今、黒田さんの連絡先、わかる？」

黒田からもらった名刺は、細かく破ってゴミ箱に捨ててしまった。しかし、万年筆の件で電話をもらっていたのを思い出す。

「えっと……確か、まだ履歴に残っているはず――あった」

夏乃子は着信履歴を表示したスマートフォンの画面を八重に見せようとして、ほんの少しだけ躊躇した。

「もしかして、黒田さんに相談するつもり？」

「そうよ。だって、私が知る限り、彼ほど優秀な弁護士はいないもの」

「で、でも、今日は休日だし――」

「そうだけど、これって黒田さんの個人的な番号でしょ？」

「たぶん、そうだと思う」

履歴に残っている番号は、以前もらった名刺の裏に書いてあった番号だ。万年筆で書かれた数字の下には「ＣＡＬＬ　ＭＥ」と書き添えてあった。

「それなら、休日でも出てくれるわね。ああ、よかった！　持つべきものは弁護士の彼氏を持つ親友だわ」

「ちょっ……黒田さんは彼氏じゃないから！」

「まあまあ、その話はまたあとにして、夏乃子、ちょっと電話してみて」

「わ、私が？」

「そうよ。だってこの番号を知ってるのは夏乃子でしょ。いきなり知らない女から電話がかかってきたら、びっくりさせちゃうし、怪しまれるじゃない」

「でも、もう夜だよ？　明日、事務所のホームページで電話番号を調べて、そっちにかけたほうが――」

「明日まで待っていられないわよ。ねえ、助けると思って、かけてみてくれない？　一生のお願いよ！」

ものすごく気が進まないし、頭の中でこれ以上黒田とかかわってはいけないと警鐘が鳴り響いている。

けれど、八重は夏乃子が深く傷ついている時、そばにいて慰めてくれた。その恩は一生忘れないし、恩を返せる機会があるなら返したいと思う。

八重に拝み倒され、夏乃子はためらいつつも履歴の電話番号をタップした。

『はい、黒田です』

そばにスマートフォンを置いていたのか、黒田は一回目の呼び出し音が鳴り終わる前に電話に出てくれた。

彼の声が聞こえた途端、身体に熱い衝撃が走る。

夏乃子は動揺を悟られまいと、最大限努力しながら口を開いた。

「志摩です。夜分に突然すみません。今、いいですか？」

前に会った時に、黒田を振り切るようにして彼の事務所を出た手前、かなり気まずい。しかし、黒田はそれをまったく気にしていないといったふうに対応してくれた。

『もちろんだ。君からの電話なら、いつだって大歓迎だよ』

「ありがとうございます。実は、親友がトラブルを抱えていて――」

夏乃子は黒田に断ってから、スピーカーボタンを押した。チラリと八重を見ると、声を出さないまま笑顔で万歳をしている。

『詳しく話を聞かせてくれるかな？』

黒田に促されて、夏乃子は自身の親友である福地八重が佐々木康太という男性に騙され、彼が既婚者とも知らず三年もの間恋人として付き合っていた事を話した。

『なるほど、よくわかった。今、八重さんは一緒にいるのかな？ できれば、直接話を聞きたいんだが』

八重を見ると、大きく首を縦に振っている。

夏乃子はスマートフォンを八重に渡すと、お茶を淹れるために席を外した。八重は何か探し物でもあるのか、スピーカーを解除したスマートフォンを片手に部屋の中をうろついている。

（また、接点ができちゃったな……）

万年筆の受け渡しをした日から、かれこれ二十日以上経つ。

その間、黒田から一度も連絡はなかったし、夏乃子は仕事に忙殺されていた。むろん、自分から連絡するつもりなどなかったし、あれを最後に彼とは会わないと決めていた。

けれどあのあとも、ふとした時に黒田の事を思い出し、心が乱れたのは一度や二度ではない。

そんな自分をどうかしていると思いながらも、またこうして繋がりを持ってしまった。

（だけど、今回はあくまでも八重と黒田さんの間の事だもの。これ以上私がかかわる事はないだろ

うし、大丈夫よね）

今回は、夏乃子が望んだわけではなく、やむを得ず黒田に連絡をしただけだ。

仲介の役割は果たしたし、自分は一歩離れたところで八重を見守ろうと決める。

「――わかりました。じゃあ、ちょっと夏乃子に代わりますね」

通話中だった八重が夏乃子を振り返り、スピーカー機能をオフにしてからスマートフォンを差し出してきた。

「な、何？」

「とりあえず代わって」

幾分元気を取り戻した様子の八重が、片手で拝むような仕草をする。

夏乃子は仕方なくスマートフォンを受け取り、平静を装って電話に出た。

「もしもし――」

『ああ、夏乃子？　話は福地さんから聞いたよ。いろいろと大変だったね。佐々木康太さんと彼の奥さんについては俺に任せてくれ。それと「レディーマイスター」の顧問弁護士契約の件だけど、夏乃子が窓口になってくれるなら、引き受けてもいいよ』

「顧問弁護士契約？」

佐々木の件はともかく、顧問弁護士契約とは？

夏乃子が八重を振り返ると、彼女は持っていたティーカップをテーブルに戻した。

「ほら、少し前にうちのサイトで恋愛相談コーナーを設けるって話したでしょ？　簡単な悩み事なら私でも対応できるけど、法律が絡んでくるような案件には安易に返事できないから、顧問になってくれる弁護士を探してたのよ。それで、ついでに黒田さんに話を持ち掛けてみたの」

夏乃子は、転んでもただでは起きない親友の逞しさに舌を巻いた。まさか、この流れで顧問弁護士までお願いするなんて、びっくりだ。

けれど、どうして自分がその窓口にならなければならないのか。

夏乃子が渋い顔をしていると、八重がパチンと両手を合わせて、お願いのポーズをとる。

「黒田さんね、夏乃子が窓口になってくれるなら考えるって言ってくれたの。黒田さんが顧問になってくれたら、これ以上心強い事はないでしょ？　お願い！　私と会社のためだと思って、引き受けてくれない？」

八重が頭を低くして、手をすり合わせる。

これまで八重に助けられてきた事を考えると、無下に断るわけにもいかない――

夏乃子は親友の顔を見ながら、苦渋の決断を下した。

「わかりました……。窓口になります」

『よしっ！　じゃあ、明日にでも契約書を作成して八重さんに連絡をするよ。引き受けたからには、責任を持ってやらせてもらうつもりだから、夏乃子とも密に連絡を取り合う事になるだろうね』

第三者として一歩離れたところで見守ると決めたばかりなのに、密に連絡を取るだなんて。

本当は断固として断りたいが、「レディーマイスター」の顧問契約を盾にされては、同意せざるを得なかった。

「わかりました」

夏乃子は暗澹（あんたん）とした表情を浮かべながら、密かにため息をつく。

それからまた八重に電話を代わり、二人はまた佐々木の件についてのやり取りを始めた。

思いがけず、また黒田とかかわる事になってしまった。

ただでさえ思い返しては心乱される相手なのに、密に連絡を取るなんて不安しかない。

それに、どさくさに紛れて「夏乃子」と下の名前で呼ばれた。

しかも、呼び捨て。いかにも呼び慣れている感じだったし、あの様子だと八重と話している時から、そうだったに違いない。

そうこうする間に、黒田との通話を終えた八重が、こちらに向き直るなり夏乃子の手をギュッと握ってくる。

「勝手に話を進めちゃって、ごめん！　だけど、今の私には黒田さんが必要なの！」

思いつめた目で見つめられ、夏乃子は八重の手を握り返した。

「謝らないでよ。彼ならきっと、八重を助けてくれるよ」

夏乃子の母親を、一瞬で大人しくさせた黒田だ。きっと彼なら八重にとって一番いい結果を引き出してくれるだろう。

「ありがとう、夏乃子。黒田さんと話してみて、すぐにこの人なら信用できる人だって感じたの。私、人を見る目だけはあるのよ――なぁんて、佐々木の件があるからまるで説得力ないけど。でも、彼なら夏乃子を託せるって改めて思った。やっぱり、夏乃子が黒田さんに出会ったのは運命だと思うな」

万年筆を返してもらった時の話は、年末に仕事の件で顔を合わせた時に話してある。黒田の顔は、それ以前に「スターフロント弁護士事務所」のホームページで確認したようだ。

「きっかけはなんであれ、こうして縁が続いているんだもの。とりあえず試しに付き合ってみたら？」

八重が夏乃子の右肩をポンと叩いて、にっこりする。

夏乃子は曖昧(あいまい)に微笑んで、親友の顔を見つめた。八重が心配してくれているのはわかっている。けれど、過去を忘れて自分だけ幸せになるわけにはいかない。いや、なってはいけないのだ。

夏乃子の心情を察したのか、八重が右肩をもう一度そっと叩いてくる。彼女に促(うなが)されてソファに腰掛け、それぞれにティーカップを持って紅茶を飲む。

肩に残っていたキスマークは、もうとっくに消えていた。それと一緒に黒田と過ごした記憶も綺麗に消えたらよかったのに、今も鮮明に残っている。

（ついこの間知り合ったばかりなのに……。私って、最低だな……）

頭の中でどんなに黒田を遠ざけようと決意しても、自分が彼に惹かれている事実は、もうどうやっても誤魔化しようがなかった。

そうだとしても、これ以上距離を縮めるのだけは避けるべきだ。

夏乃子は自分の不甲斐なさを嫌悪しながら、黒田とのかかわり方を模索するのだった。

一月も下旬になり、アパートの入り口横に植わっているロウバイにたくさんの花が咲いている。

「うう……寒い……」

朝、起きぬけにスマートフォンのアプリで天気を確認すると、今週は週末までずっと雨模様のようだ。

昨夜は隔月発行されている化粧品メーカーの冊子用の記事を書き上げたあと、缶ビールを開けて飲んだ。普段、あまりアルコールを飲まないのだが、時折無性に飲みたくなる。そういう時のために常時何缶かストックしているのだが、いつの間にか最後のひと缶になっていた。

(なんだか、だるいな……。それに、ちょっと喉が痛い)

缶ビールを飲んだあと、少しこたつでうたた寝をしたのがいけなかったのだろうか。念のために体温計で測ってみると、微熱がある。

(あぁ、風邪引いちゃったかも)

幸い、今は急ぎの仕事はないし、取材に行く予定もない。

早めに治して次の仕事に備えようと、夏乃子は風邪薬を飲んで布団にくるまった。

しかし、今起きたばかりだからちっとも眠くならない。かといって何かする気力もなく、ただ横になってスマートフォンを弄(いじ)っていた。

その時、たまたま目についた動画サイトで見た海外の男優の顔が、どことなく黒田に似ていて、気になって調べたら、スペインのマドリード生まれの俳優だった。

(スペインか……。いつか、海外にも取材に行きたいなぁ)

旅の事を考えていると、ふと子供の頃の事を思い出す。

志摩家は四人家族で、夏乃子には三歳年上の兄がいる。兄は母に溺愛され、かたや夏乃子は予定外の子供だと言われていた。両親はよく兄だけを連れて家族旅行に行き、一人残された夏乃子は、いつも父方の祖父母の家に預けられた。家の中ではほぼ空気だったし、遊びに出かけたり旅行に行ったりする時は、いつも留守番をさせられていた。

恐妻家の父は妻の言いなりだったため、家を出るまで夏乃子の境遇がよくなる事はなかった。

そんな父親が四年前に亡くなり、それ以来母親は夏乃子に毎月仕送りするよう強要してくるようになった。

『誰のおかげで大きくなったと思ってるの』

『短大に行かせてやったんだから、恩返しくらいしなさいよ』

電話がかかってくるたびに耳元でがなり立てられ、神経を削(けず)られる。

見栄っ張りで外面(づら)のいい母は、対外的には兄妹を分け隔てなく可愛がった。けれど、実際に愛されているのは兄のみ。

確かに育ててもらった恩はあるが、短期大学の学費はアルバイトと奨学金などで賄(まかな)い、両親にはびた一文出してもらっていない。

(来月もまた、電話がかかってくるんだろうな)

そう考えただけでも、風邪が悪化しそうだ。

夏乃子は寝返りを打ち、スマートフォンの画面に映っている男優の顔を今一度見つめた。

（マドリードといえば、闘牛だよね。黒田さん……闘牛士のコスプレをしたら似合いそうだな）

黒田に惹かれていると自覚してからというもの、夏乃子はそれまで以上に彼の事を思い出すようになっていた。

仕事をしている時は、頭から締め出せる。だが、プライベートな時間となると、ちょっとしたきっかけで黒田の顔がチラつくのだ。

黒田とは、万年筆を返してもらって以来、一度も会っていない。

一度名刺に載せているＳＮＳ宛にメッセージが来て、それに返信した。その後、電話でも話したが、黒田の予定が詰まっており会う約束をするに至らなかったのだ。

「『密に連絡を取り合う事になる』とか言っといて、ぜんぜん密じゃないし――って、別にこっちはそれでいいんだけど」

自分自身に言い訳をした途端、ゴホゴホと咳き込んで涙目になる。本棚の上に目をやると、雅一の写真が涙で滲んで見えた。

（ごめん、雅一……）

彼という存在がありながら、まるで黒田に会えないのを不満に思っているみたいだ。告白されたからって、何をその気になっているんだか……

きっとこれも、体調が悪いせいだ。

そう思って無理矢理黒田の顔を頭から追い出し、目をつぶって大人しくしていた。

昼前に八重から電話があり、佐々木の件は無事解決したと報告された。

『康太から無事慰謝料を踏んだくれる事になったし、奥さんも訴訟を起こすのはやめるって。黒田さんには感謝してる。もちろん、夏乃子にはもっと感謝してるわよ』

既婚を隠して付き合っていたのがバレた佐々木は、結局妻と離婚する事になったらしい。

彼は妻と別れたのちに八重と復縁する気満々だったようで、結婚をほのめかすような言動をとってきたようだ。むろん、八重は断固としてそれを拒絶し、以後の佐々木との話し合いは黒田を通してのみ行っているとの事だ。

『今夜あたり、祝杯を上げない？　仕事、一段落ついてるんでしょ？』

「そうなんだけど、どうやら風邪を引いたみたいで、寝込んでるの」

休めば治ると思っていたが、確実に朝よりも悪化している。

『それはいけないわね。薬とか食べるものは、あるの？』

話しながら咳き込むと、心配した八重が仕事帰りに差し入れを持って見舞いに来てくれる事になった。

申し出をありがたく受け入れ、薬を飲んでもう一度眠りにつく。

インターフォンが鳴る音で目を覚まし、あくびをしつつベッドから起き上がった。歩きながら額に手を当ててみると、薬が効いたのか熱は下がったみたいだ。喉はまだ少し痛いが、朝よりだいぶましになっている。

「はーい」

返事をしながら玄関に向かい、ドアを開ける。

てっきり八重が来たのかと思ったのに、目の前に立っているのは黒田だ。

「く、黒田さん……どうして？」

「福地さんから電話があってね。夏乃子にも連絡するって言っていたが、来てないか？」

「あ……あったかもしれませんが、寝てたから気づかなかったのかも」

「そうか。風邪がひどくなるといけないから、とりあえず中に入れてくれるかな？」

言われるままに黒田を中に招き入れ、和室に通した。彼はこたつの上に紙袋を置くと、コートを脱ぎ夏乃子の顔を覗き込んでくる。

「福地さんは、急な仕事で来られなくなったんだ。だから、こうして俺が福地さんの代わりに差し入れを持ってきた」

黒田がそう言いながら、夏乃子の額に掌（てのひら）を当ててきた。冷たさに肩をすくめると、彼の掌（てのひら）が夏乃子の後頭部に回った。

「熱と喉は？　薬はもう飲んだのか？　食欲はある？」

そう立て続けに質問される。いつも笑っているイメージのある黒田だが、今日は両方の眉尻が下がり、いかにも心配そうな顔だ。

「喉はまだ少し痛いですけど、熱はもう下がってると思います。薬は朝と昼に飲んで、食欲は……」

言われてみれば、朝から何も食べていない。そう思った途端、急に空腹を感じた。お腹に手を当てている夏乃子を見て、黒田が表情を緩ませた。

「食欲はあるみたいだな。キッチンを借りていいか？　できたら呼ぶから、それまで横になってるといい」

「え？　黒田さんが何か作るんですか？」

「一人暮らしが長いから、料理はお手のものだ」

黒田にベッドまで連れていかれ、もう一度横になる。すぐそばに屈み込んだ彼が、再び夏乃子の額に触れた。

「思ったより元気そうで安心したよ。それはそうと、誰が来たかインターフォンで確認しないままドアを開けるのは感心しないな。女性の一人暮らしは、危険と隣り合わせなんだぞ」

黒田が、ほんの少し目を細めて窘めるような視線を送ってくる。

「そ、それは、てっきり八重だと思い込んでいたので……」

「その思い込みが、危ないんだ。今後は、ちゃんと相手を確認してからドアを開けるように」

黒田の言う事はもっともだ。

夏乃子は素直に頷いて「はい」と言った。

「じゃあ、ちょっとだけ待ってろ」

彼はそう言うと、立ち上がりざまに夏乃子の額にキスをしてきた。突然そんな事をされて、一気に顔が赤くなる。

「ちょっ……いきなり何をするんですか!?」

額に手を当てて動揺する夏乃子を見て、黒田がにんまりと微笑む。

「本気にさせてみせるって言っただろう？　そのためには、スキンシップを多く取らないとな」

「ス、スキンシップって……」

密に連絡を取り合うとか、嘘をついたくせに！

そんな言葉が口をついて出そうになり、あわてて唇を固く結ぶ。それを見た黒田が、何をどう勘違いしたのかグッと顔を近づけてきた。

「キス、おでこじゃ物足りなかったか？」

唇をじっと見つめられ、とっさに空いているほうの手で口元を覆い隠す。

「そんな事、思っていません！」

「なんだ。てっきりそうだと思ったんだけどな」

軽口を叩く黒田を睨みつけると、彼は白い歯を見せて笑いながら部屋を出ていく。

憤慨しつつスマートフォンを確認すると、八重からメッセージが届いていた。送信されたのは、ちょうど夏乃子が眠っていた間だ。内容を見ると、黒田が言っていたとおりの事が書いてある。

『私の代わりに黒田さんを派遣するから、思いっきり甘えなさい』

（もう！　八重ったら……）

いくら信用のおける弁護士だからといって、了解もなしに住所を教えるなんて、いろいろと問題がありすぎる！

しかし、八重に抗議したところでどうにもならないし、彼女はよかれと思ってそうしてくれたのだろう。

いずれにせよ、もう来てしまったものは仕方がない。

キッチンから、料理をし慣れている人が立てる音が聞こえてくる。

(イケメンでお金持ちで、優しくて明るくて料理も得意とか……黒田さんって、欠点とかないの?)

強いて言えば、初対面の女性相手にグイグイと迫り、距離を縮めてくるところだろうか。

人たらしの美男に迫られたら、恋人のいない女性ならすぐに陥落してしまうだろう。

黒田と抱き合った時の事が頭に思い浮かび、夏乃子は反射的に掛け布団を押しのけた。自然と雅一の写真に目が行き、ハッとする。

(私ったら、いろいろと最悪……)

いくら突然の来訪だったとはいえ、今の今まで雅一の事を忘れていたなんて……

もう二度と彼を裏切るような事はしないと誓っておきながら、なんという体たらくだろう。どんな理由があろうと、黒田をここに招き入れるなんて、してはいけなかったのに。

夏乃子は雅一の写真から目をそらし、固く目を閉じた。

仕事とはいえ、こんな状態のまま黒田とかかわって大丈夫だろうか?

そんな不安を抱いている時点で、かなりヤバい。

もし、本当に彼に本気になってしまったら……

(それだけは、ぜったいにダメ!)

黒田との関係に悩むたびに、自分にそう言い聞かせている。しかし、彼と顔を合わせると、気づかないうちに黒田のペースに巻き込まれてしまう。

これ以上、間違いを犯すわけにはいかないし、こうなったら黒田に雅一との事を話して、もう恋愛はできないとはっきり伝えるべきかもしれない。

　まもなくして、黒田に声を掛けられ、夏乃子は彼とともに和室に移動した。こたつの角を挟んで黒田と隣り合わせに座ると、夏乃子は湯気の立っている器を見て目を丸くする。そこに用意されていたのは、ささみと刻んだ野菜がたっぷり入ったおかゆだ。その横には、お茶の入った急須もある。

「喉の痛みがあるようだから、おかゆにしてみたんだが、どうかな？」

「色どりが綺麗だし、すごく美味しそう……」

　そう言った途端に、お腹が小さく鳴ってしまった。彼は素知らぬ顔をしてくれたが、浮かべた笑みから判断すると、ぜったいに聞こえている。

「熱いから、ふうふうして食べるんだぞ。肩に何か掛けたほうがいいんじゃないか？」

　ニットのショールは、ベッドの上に置いてきてしまった。黒田がそれを取りに行き、肩にかけてくれた。

　食事は黒田の分も用意されており、二人で「いただきます」を言って食べ始める。

「美味しい……。喉が痛くても、これなら食べられます」

「お代わりもあるし、デザートにジェラートを買ってきた。フルーツとヨーグルトもあるし、果汁百パーセントのジュースとスポーツドリンクに経口補水液も冷蔵庫に入ってる。あと、冷凍の鍋焼きうどんも買ってきたぞ」

「そんなにたくさん？」

「症状は聞いていたけど、実際に会ってみないと何が食べられるかわからないと思ってね。とりあえずいろいろ買っておけば、何かしら食べられるだろう？」

夏乃子は今でこそ、めったに寝込むような事はないが、子供の頃はよく風邪を引いて熱を出し、学校を休んだ。そんな時でも、母は夏乃子を心配するそぶりすら見せなかったし、菓子パンとお茶だけを枕元に置いて出かけた事もあった。

それだけに、黒田の気遣いに胸が熱くなる。

食べる手を止めて黙り込んだ夏乃子を見て、彼が気遣わしげな表情を浮かべた。

「どうした？　少し熱すぎたか？」

「いいえ……。ただ、ちょっと昔を思い出して……」

「何か胸に抱えている事があるなら、話してみないか？」

黒田が、夏乃子の頬にかかる髪の毛を耳のうしろに撫でつけてくれた。さりげなく触れてくる手と見つめてくる目が、とても優しい。

夏乃子は、おかゆを食べながらぽつぽつと子供の頃の家族にまつわる話を語り始めた。

彼は時折夏乃子と目を合わせながら、真摯に耳を傾けてくれている。

「――幼い頃は両親からの愛情を期待してましたけど、中学生になる頃にはもう諦めて早く家を出る事だけを考えていました」

短大進学のために家を出る事については特に反対されなかったし、父方の祖父母も後押ししてくれた。夏乃子は、それまでにアルバイトをして貯めたお金を持って上京し、はじめての一人暮らしをスタートさせたのだ。

「一人暮らしっていっても、短大の寮だったので、厳密にいえば一人じゃないんですけど。でも、部屋は狭かったけど個室だったし、すごく快適でした。ようやく自由になれたって感じて、本当に嬉しかったなぁ」

「そう、その顔だ」

黒田が話している夏乃子の頬を、両手で挟み込んだ。顔を固定されたまま、こたつの横に置いてあるスタンドミラーのほうを向かされた。

そこに映っている自分の顔は、心底嬉しそうに笑っている。

「夏乃子は、とても芯が強くて賢（かしこ）い女性だ。きっと、もともとは明るくてよく笑ってたんだと思う。俺はまだ出会って間もないから、夏乃子のぜんぶをわかってるわけじゃない。だけど、これからは、何があっても俺がそばにいる」

「……んっ……ふ……」

黒田が身を乗り出し、夏乃子の唇にキスをする。

キスはすぐに終わったけれど、彼の手はまだ夏乃子の頬を包み込んだままだ。

ついさっき、間違いを犯すわけにはいかないと思ったばかりなのに、何をやっているのか。

夏乃子は自分の弱さに嫌気がさし、唇を強く噛みしめた。

「また唇を噛んでる。そんなに強く噛んだら血が出るぞ」

指摘されてすぐにやめたけれど、黒田との距離は近いままだ。ついさっきまで紳士的だった彼から、少しだけ雄（おす）の気配を感じる。

「風邪……移りますから――」

「俺は普段から鍛えているから、これくらいで風邪なんか引かないよ」

自信たっぷりにそう言うと、黒田が夏乃子の唇に、そっと指先を押し当てる。その温かな感触に、心がぐらつきそうになった。

「やめて……。これ以上、優しくしないでください。私、もう恋愛なんかしないって決めてるんです。だから、黒田さんとは付き合えません」

夏乃子は、そう言いながら無理矢理横を向いて彼の手から逃れた。こたつから出ようとする背中をうしろから優しく抱きしめられて、いよいよ逃げられなくなってしまう。

「は……離して……」

身をよじろうとするけれど、身体に力が入らない。

黒田の腕に身体を包み込まれ、全身に彼のぬくもりを感じる。それに安心すると同時に、強い罪悪感に駆られて表情が歪んだ。それを見た黒田が、夏乃子の身体を腕の中で反転させた。

向かい合わせになり、気遣わしそうに顔を覗き込まれる。

「どうして優しくしちゃいけないのか、わけを聞かせてくれないか？　その理由に納得できたら、腕を解いてあげてもいいよ」

黒田が言い、しばらくの間無言で見つめ合う。

夏乃子は観念すると同時に、自分が一生背負い続けるべき罪について話し始めた。

「前に、私の亡くなった恋人の話をしましたよね？　彼はジュエリーショップで注文した指輪を受け取ったあとに事故に遭ったんです……。葬儀のあと、彼のご両親が教えてくれました。その指輪は、今は私のベッドルームの棚の上に写真と一緒に置いてあります」

当日の事を誰かに話すのは、八重以来だ。

「亡くなる二週間前に、私、彼と喧嘩をしたんです。それ以来、連絡が来ても知らん顔して、電話にも出なかった。そんな私に、彼は指輪を贈ってくれようとして……。彼が死んだのは、私のせいです。あの日、指輪さえ取りに行かなかったら、彼は事故になんか遭わなかったのに――」

「夏乃子」

肩をそっと揺さぶられ、黒田を見た。

じっと目を見つめられ、いつの間にか頬を濡らしていた涙を掌で拭われる。

「それは違う。雅一さんが亡くなったのは、夏乃子のせいじゃない。喧嘩や指輪が事故を誘発したわけじゃないだろう？　夏乃子は悪くない。だから、自分をそんなふうに責めるのをやめるんだ」

「でも……」

「いいか、夏乃子。雅一さんが亡くなったのは、不幸な事故に遭ったせいだ」

「それは、雅一のご両親にも八重にも言われました。頭では、わかってる……。だけど、私が彼からの連絡に応えていたらと思うと、自分を責めずにはいられなくて」

「だが、法的にも――」

「法律なんか関係ありません！　六年も一緒にいて……それまで喧嘩なんかした事なかったのに、私が彼からの連絡を無視したから……。そんな事をしなければ、彼はまだ生きていたかもしれないのに」

夏乃子は黒田の手を振り払おうとしたが、彼は断固としてそうさせてくれない。

「私は、彼を一生忘れられないし、忘れちゃいけないんです。だから、もう恋愛はしないって――ずっと彼を想いながら生きていくって誓ったんです」

「何を馬鹿な事を。君は一生過去に縛られて、幸せに背を向けて生きるつもりか？」

「そうです！　馬鹿でもなんでも……私は、そうするって決めたから――」

「よく聞くんだ。俺は仕事柄、いろいろな感情に囚われて、がんじがらめになっている人を大勢見てきた。みんな、苦しくて、どうにもならなくなって事務所に駆け込んできた人達だ。だが、そういう人達も、なんとか自分の人生を生きようと懸命にもがいている」

「だからって――」

「夏乃子、一人で抱え込まずに俺を頼れ。俺が、夏乃子を過去から引き剥がして、前を向いて自分の人生を歩めるよう手助けする。ずっとそばにいるし、ぜったいに夏乃子から離れない。だから、俺と生きる事を選んでくれ」

目を見て訴えかけられ、ドクンと心臓が高鳴る。そのまま鼓動が速くなり、みるみるうちに呼吸が荒くなっていく。

それがいつしか嗚咽に代わり、気がついた時には黒田の胸に縋って泣き崩れていた。彼は夏乃子の身体をしっかりと抱き寄せ、背中をさすってくれる。

どのくらいそうしていたのか、いつの間にかこたつの横に置いたゴミ箱が使い終えたティッシュでいっぱいになっていた。

黒田がテーブルの上から、お茶の入ったマグカップを取って夏乃子の顔を覗き込んでくる。

「喉、渇いただろう？　飲めるか？　なんなら、俺が口移しで飲ませてあげてもいいけど」

笑顔でそう言われて、つられて口元が緩むのを感じる。

掌（てのひら）で涙を拭うと、夏乃子はマグカップを受け取って、ちょうどよく冷めたお茶をごくごくと飲んだ。喉が潤（うるお）い、ホッと一息つく。

黒田が空（から）になったマグカップを受け取り、そっと身体を抱き寄せてきた。彼に寄りかかったまま黙っていると、背中を優しくトントンと叩かれる。

そうされているうちに、少しずつ平常心を取り戻してきた。

「……また黒田さんのシャツをぐしゃぐしゃにしちゃいましたね……」

「いいよ。大泣きしてる夏乃子は嫌いじゃない。涙は感情のはけ口にもなるし、泣き終わったあとは気持ちの整理がつく事もあるしね」

確かに、心にわだかまっていたいろいろな感情が涙とともに流れていった気がする。

「何か話したい事があれば、話してくれ。ぜんぶ俺が聞いて、夏乃子と共有するから」

「共有……？」

「そうだ。重い荷物を、ずっと一人で抱えているのは大変だろう？」

にこやかな顔でそう言われて、今までずっと凝（こ）り固まったままだった心の一角に、すっと風が吹き抜けた。

「私……雅一が亡くなって、すごく悲しかったんです。あれからずっと自分が許せなくて、笑ったり楽しいと思ったりするのはいけない事のように思えて……。彼はもう未来を生きる事はないのに、私だけ幸せになるのは罪だとしか思えなくて――」

夏乃子は話しながら、また唇を噛みそうになった。それを指先で止められ、無意識に顔を上げる。自分を見る黒田と目を合わせるうちに、何もかも彼に打ち明けてしまいたい気持ちになった。

「それに……私、雅一に対しても怒ってたんです。どうして急にいなくなったのか。なぜ自分を置いていってしまったのかって……。亡くなった人に対して、そんな事、思うべきじゃないし、ましてや彼はまだまだ生きたかったはずなのに……」

はじめて正直な気持ちを口にしたせいか、気持ちがひどくざわついた。

夏乃子が唇を固く結んで黙り込むと、黒田がそっと後頭部を撫でてくる。

「夏乃子が、そんな感情を持つ自分に憤る気持ちは、よくわかる。だが、故人に対して怒りの感情を覚えるのは、決して珍しい事じゃない。口にしなくても、そんなふうに感じる人は少なくないし、遺された側は、それだけ強いストレスに晒されているんだ」

黒田が言うには、それも故人を思う気持ちが強いゆえに湧き起こる気持ちのひとつであるらしい。怒りの対象は人それぞれで、自分や故人のほかに、原因を作った者や、救ってくれなかった者などに向けられるようだ。

「大切な人を失った悲しみは、いつ終わるとも知れない。だけど、夏乃子はもう十分苦しんできた。そろそろ自分や彼を許してもいいんじゃないかな？　感情を抑える必要もないし、泣いたり弱音を吐きたくなったりしたら、いつでも俺を頼れ。それをぜんぶ受け止めるだけの度量はあるから、遠慮はいらないよ」

黒田が夏乃子を見つめながら、余裕の笑みを浮かべた。彼は、いつもそんな寄り添い方をしてくれる。

許してもいい――その言葉が、ことのほか心に響いた。

「そういえば、さっきの答えをまだ聞いてなかったな。俺と生きる事を選んでくれるか？」

「え……っと……」

惚れたなんて、口先だけの言葉だと思っていた。けれど、ここまできたら、さすがに本気だとわかる。その上、こうあるべきだと、がんじがらめに自分を縛っていた考え方を、根底から揺さぶられた。

きっと、はじめて会った時から惹かれていた。

本当に許してもいいのなら、自分は黒田と生きる道を選びたい。

ふいに身を乗り出した彼が、夏乃子の唇にキスをする。触れるだけの、穏やかなキスだ。

黒田と唇を合わせるのは、これでもう何回目だろうか。彼に会い、触れ合うたびに、どうしようもなく惹かれて離れがたく思ってしまう。

「今の顔を見たら、夏乃子が何を言おうとしているかよくわかったよ。夏乃子……好きだ。愛してるよ」

「えっ……」

ストレートな言葉に心臓を射抜かれ、夏乃子は顔を真っ赤にした。

「す、好きだとか……あ、愛してるとか、そんな事、軽々しく言っていいんですか？」

「もちろんだ。俺が夏乃子に本気で惚れてるって知ってるだろう？」

「でも、まだ出会ってひと月とちょっとしか経ってないのに……。顔を合わせたのだって、たったの三回で――」

話している最中に唇をキスで封じられ、もう反論する気がなくなってしまった。

まるで黒田という存在に自分のすべてを包み込まれているみたいになり、夏乃子は彼の腕にゆったりと身を委ねた。

「たった三回でも、濃厚な時間だっただろう？」

語りかけてくる彼の顔には、優しさや思いやりが溢れている。彼が嘘を言っているとは思えないし、すでに心は黒田だけに向かっていた。

「……ありがとう。すごく、嬉しい」

夏乃子は、黒田を見つめながら自然とそう口にしていた。

すると彼が嬉しそうに目尻を下げて笑った。

「じゃあ、もう俺達は恋人同士って事でいいよな？　いつでも遠慮なく夏乃子を抱きしめて、ところかまわずキスをしても拒んだりしない――そうだろ？」

「ん……っ……」

そう言うなり、抱きすくめられ、唇を重ねられた。

それだけで黒田に骨抜きにされたようになり、全身から力が抜ける。

彼といるだけで、どうしてこうも安心できるのだろう？

黒田になら、すべてを委ねられる。

夏乃子は心からの安堵を感じながら、徐々に深くなるキスを受け入れて、彼と舌を絡め合った。

もっと黒田と触れ合いたい、彼と心と身体で愛し合いたい。

キスで熱くなった黒田の唇が、夏乃子の首筋に下りてくる。ちょうどその時、まさかのタイミングでお腹がグゥ、と鳴った。

「……っ！」

大きく鳴った腹の虫に驚き、夏乃子は目を見開いて黒田を見た。

「ご……ごめんなさい。なんでこんな時に……」

夏乃子は背中を丸くして、お腹が鳴るのを抑えようとする。しかし、それが逆効果になったようで、さっきよりも大きな音で腹の虫が鳴いた。

「やっ……もうっ！」

夏乃子が恥ずかしさに唇を噛むと、黒田がそこにチュッとキスをする。

「食事の途中だったな。イチャつくのはあとにして、まずは腹ごしらえだ。その様子だと、かなり食欲が出てきたみたいだな」

「そうかも」

「結構だ。何が欲しい？」

黒田が、こたつの上を手際よく片付けながら、にこやかに笑った。

「フルーツが食べたいです。あと、ジェラートとジュースが欲しいかも」

「了解――と、その前に熱を測ろうか。体温計は？」

「ベッドの枕元か、テーブルの上にあるかと――」

頷いた黒田が、立ち上がりざま額にキスをしてきた。それからすぐにベッドルームに向かっていき、体温計を持って戻ってきた。彼はそれを夏乃子に手渡すついでに、夏乃子の両方の頬に唇を寄せる。

「うん。もう、さほど熱はなさそうだな」

黒田が微笑み、キッチンに消えていく。

背が高いから、ちょっとジャンプすれば天井（てんじょう）に頭をぶつけそうだ。海外のモデル並みにスタイルのいいうしろ姿を見送り、体温を測る。すると、すでに平熱に戻っていた。

「熱は？」

キッチンから戻ってきた黒田が、夏乃子の額に掌（てのひら）を当てる。

「もう平熱になってました」

「それはよかった」

彼が持ってきたトレイの上には、一口大に切ったフルーツの盛り合わせのほかに、リンゴジュースと小さなカップ入りのジェラートが五種類も並んでいる。

「すごい……」

夏乃子は瑞々しい旬のフルーツに舌鼓を打ちながら、ジェラートに視線を向けた。

食欲旺盛な夏乃子を見て、黒田がニコニコと笑いながらジェラートのカップを指す。

「ミルクとレモンに抹茶。こっちはブルーベリーとエスプレッソジェラートだ。ぜんぶ一口ずつ食べてみるか？」

頷くと、黒田がスプーンに一口ずつジェラートをすくい、テイスティングをさせてくれた。

「ん～、美味しい～！」

思わず声が出た。喉が冷えて心地いいし、何より味が最高だった。

「この中だと、特に抹茶が美味しいです。濃厚で抹茶の味がちゃんとして。これ、どこで買ってきたんですか？」

訊ねると、聞いた事のない店名だった。

「フリーライターの血が騒ぐ味だろう？　このほかにも種類がたくさんあるから、今度連れてってあげるよ」

二人してジェラートを食べ、リンゴジュースを飲む。軽く食休みしたあと風邪薬を飲み、黒田に連れられてベッドルームに向かった。

中に入ると同時に、雅一の写真に目が行く。彼は今でも心に残る大切な人だ。これからも、ずっと忘れる事はないだろう。

けれど夏乃子は、黒田と前に進む道を選んだのだ。夏乃子の視線に気づいたのか、黒田が背中をそっと擦ってくれた。

「大丈夫か？」

「はい、大丈夫です」

頷いた夏乃子は、視線を写真から黒田に移した。目が合うと同時に、二人の顔に笑みが浮かぶ。

これからは、もう一人ではない――

彼の優しく力強い目に見つめられて、夏乃子は心からの安らぎを感じた。

ベッドに腰掛けた夏乃子の前に、黒田が片膝をついて腰を下ろす。

「今日はいろいろあって疲れただろう？　今夜はもう寝たほうがいい。片付けをしたら、俺は帰るから――」

「え、帰るんですか？」

とっさにそう言ってしまい、自分の言動に驚く。恋人になった途端、急に甘えるような事を言ってしまった。いくらなんでも変わり身が早すぎる。自分の発言を後悔しつつ、そそくさとベッドの上に横になった。

「な……なんでもありません。今日は、どうもありがとうございました。気をつけて帰ってくださいね」

まったく、恥ずかしいったらなかった。ほんの数時間の間に感情が変化しすぎて自分でもわけがわからなくなっている。

夏乃子は、熱く火照(ほて)る頬を隠そうと掛け布団を目の下まで引き上げた。それを見ていた黒田が、やけに意味ありげな表情を浮かべてにんまりする。

「ふぅん。本当になんでもない？」

そう言いながら、黒田が掛け布団をほんの少し引き下げる。彼は夏乃子の頬に指先を触れさせて、片方の眉尻を上げて目を細めた。

「また少し、熱が出てきたみたいだな。もっとも、風邪の熱じゃないみたいだけど」

黒田が枕の横に手をつき、グッと顔を近づけてきた。

また彼のペースに巻き込まれそうになっている。恋人になる前は、彼の言動にいちいち警戒心をあらわにしていたけれど、今はそうではない。

素直に頷いた夏乃子は、熱に浮かされたようになっている自分を感じる。

「夏乃子、本当は、どうしてほしいんだ？　俺達はもう恋人同士だ。恋人の俺になら、正直に言えるだろう？」

語りかけてくる声が、まるで極上の蜂蜜のように甘く耳に入ってくる。

夏乃子は、ほんの少し恥じらいを残しながらも、黒田に促されるまま口を開いた。

「……帰らないでほしいです」

囁くような声でそう言うと、黒田がニッと笑った。彼は横向きになった夏乃子の身体を、子供を寝かしつけるようにポンポンと叩いた。

「じゃあ、夏乃子が眠るまでそばにいるとするか」

黒田がおもむろに起き上がり、肘をついた格好で夏乃子に添い寝してくる。

「いいんですか？」

「もちろんだ。俺は夏乃子の恋人だぞ？」

何度も恋人と言われて、黒田の言葉を信じてみたくなる。

たとえ、いつか別れる日が来るとしても、恋人でいられる間は目一杯彼と愛し合いたい。

黒田と触れ合っている今が嬉しくて仕方がないし、こんな時間が少しでも長く続けばいいと願っている。

「恋人なんだから、もっとわがままを言っていいし、遠慮なく俺に甘えたらいい。俺は、どんな夏乃子も受け入れるし、そうしたくてたまらないんだ」

額の生え際を指でなぞりながら、黒田が優しい微笑みを浮かべた。

その顔を見ているだけで、不思議と安心する。

彼は恋人として理想的なだけではなく、人としても尊敬できるところがたくさんある。

「どうした？　ぽーっとした顔をして。もしかして、俺に見惚れてる？」

茶化すようにそう言われて、一層頬が熱くなる。

「どうやら図星みたいだな。そうやって感情が素直に顔に出るところ、すごく可愛いよ」

照れて下を向いた額にキスをされ、指でそっと顎を上向かされる。

少し前まで、感情に乏しかったのが嘘のようだ。

「ところで、もう黒田さんじゃなくて、蓮人って呼んでくれないかな？　もちろん、敬語もなしだ。いいね？」

「は……はい」

夏乃子が頷くと、黒田がほんの少し首を傾げた。

「そこは、『はい』じゃなくて、『うん』かな。もう一度返事をして、ついでに蓮人って呼んでみようか」

「……うん。れ……蓮人……」

これまで、ずっと敬語を使っていたし、慣れなくてかなり照れくさい。もじもじする夏乃子を見て、蓮人がにやりと笑った。

「よくできました。そうやって恥じらってるところも、すごくいいな」

褒められて素直に嬉しいと思ったのは、いつぶりだろう。

蓮人といると、心の周りに張り巡らせていた、ありとあらゆるガードが綺麗さっぱり消えていく。

夏乃子が眠くなるまでという約束で、蓮人といろいろな話をした。

「恋人になったんだから、もっと俺の事も夏乃子に知ってもらおうかな」

蓮人はそう言って、自分の生い立ちや、話せる範囲で仕事の話をしてくれた。

それによると、彼は父親の仕事の関係で十歳から五年間アメリカで暮らし、英語は今も現地で暮らすのに支障がないくらい話せるようだ。

夏乃子も高校卒業を機に上京し、フリーランスのライターになるまでの事をかいつまんで話した。

はじめはぎこちなかった口調も、話すうちに自然に喋れるようになっていく。

「私、子供の頃から知らない土地や国に興味を持っていたの。でも、昔は旅にあまり縁がなくて、家族旅行ですら蚊帳の外だったし」

「そうか……。雅一さんとは？」

「彼とは、一度だけ車で京都に行ったわ」

「一度だけ？」

「そうよ。彼はインドア派だったし、会う時はだいたいどちらかの家だったから」

「そうか……。じゃあ、夏乃子が旅に興味を持ったきっかけは、なんだったんだ？」

「実家の私の部屋に小さなテレビがあって、それでいつも旅番組とかを見てたの。いつか、自分もいろいろなところへ行ってみたい。仕事をするなら旅行関係の仕事がしたいと思って、バイトでお金を貯めて東京の短大に進学したの。そこで観光学を学んで、旅行会社に就職して――」

　会社ではいろいろな経験を積んだし、様々な出会いがあった。その一人が八重であり、彼女との出会いがひとつのきっかけとなり、会社を辞めてフリーライターとしてやっていく決心をしたのだ。

「じゃあ、今夏乃子がフリーライターをやっているのは、趣味と実益を兼ねているってわけだな」

「そう言えるかも。旅は大好き。でも、実は海外にはまだ一度しか行った事がないの」

「行き先は？」

「マレーシア。ほとんど予定を立てずに行ったから、いきあたりばったりだったけど、すごく楽しかったの。それ以来、一人旅にはまっちゃって」

　マレーシアに行ったのは、五年前だ。

　滞在中、いくつか有名な観光地も回ったけれど、ほとんどは現地の人しかいないような町やビーチに滞在し、ゆったりとした時間を満喫した。

「いきなり一人旅とは、ずいぶん思い切ったな」

「本当はね、雅一とハワイに行く予定だったの。でも、彼が仕事で行けなくなって、急遽一人で長期休暇を過ごす事になっちゃって……。仕事だからドタキャンも仕方がないんだけど、あの時はさすがに凹んで、思い切ってはじめての海外旅行に行く事にしたの」

今思えば、本当にいい経験をしたと思っている。あの時の一人旅が、フリーライターとしての夏乃子の基盤となっていた。

夏乃子がそう言うと、蓮人がにこやかに頷く。

「好きな事を職業にできる人は、そう多くない。今の立場は、夏乃子の努力と苦労の賜物だ。胸を張って誇っていいし、このままその道を突き進めばいい。それに、これからは俺がそばで応援するし、できる限りサポートもするから」

自分がこれまでに生きてきた道を肯定され、力強い言葉までもらった。それだけで、力を得た気持ちになる。今まで蓮人といると、彼のペースに巻き込まれて混乱してばかりだったけれど、同時にとても心が軽くなるのに気づかされた。

蓮人はベッドに頬杖をつきながら、ゆっくりとしたペースで夏乃子の身体をポンポンと叩き続けている。

母親はおろか、父親にすらしてもらった事がないのに――

蓮人が刻む優しいリズムのせいか、だんだんと目蓋が重くなり、知らず知らずのうちにあくびが出た。

ベッドサイドの時計を見ると、もう午後十一時を回っている。明日は平日だし、ただでさえ忙しい蓮人に、これ以上迷惑をかけるのは忍びない。

「瞬きが多くなってきたな。薬が効いて、眠くなってきたか？」

「うん……。私ならもう大丈夫。熱も下がったし、あとは寝てれば治ると思うから、もう帰っても平気よ」

夏乃子がそう言い終わるなり、蓮人が小首を傾げ、目を細めた。まるで、こちらの心を見透かそうとでもするような視線を向けられ、夏乃子はたじたじとなって目を瞬かせる。

「本当は、帰ってほしくないくせに」

彼は微笑みながら独り言のようにそう言って、夏乃子の頬を撫でた。

ずばりと本音を言い当てられて、返す言葉もない。

「そ、そんな事――」

「あるだろう？　顔に『帰らないでほしい』って書いてあるぞ。よし、決めた。今夜は一晩中添い寝してやる」

「えっ？　あ……わわっ……」

言うが早いか、蓮人は立ち上がって服を脱ぎ始めた。あっという間にTシャツとボクサーパンツだけになって、部屋の真ん中でモデルさながらにポージングを決める。

「どうだ？　なかなかそそる格好だろう？」

茶目っ気たっぷりにそう言われて、思わず笑いながら頷いてしまった。

蓮人といると、どんな時でも笑っていられるような気がする。

彼は夏乃子の視線に応えるように部屋の中を練り歩くと、本棚の前で優雅に一回転した。

そこで、ふと気がついたように本棚の上に視線を向けて、雅一の写真の前に進む。

彼は少しの間、写真に向かって頭を垂れるような仕草をしたあと、ゆっくりと夏乃子を振り返る。

「指輪、見せてもらってもいいかな？」

神妙な面持ちで問いかけられて、夏乃子は静かに頷いて「どうぞ」と言った。

蓮人がリングケースを手に取り、ゆっくりと蓋を開けて、指先でそっと指輪を取り上げた。彼は指輪をじっと見つめたあと、それをもとの位置に戻す。

「指輪をつけてみた事はあるか？」

「ううん、ないわ。指輪を手に取ったのも一度きりよ。……なんだか申し訳なくて、ちゃんと見られないままケースにしまっちゃったから」

「そうか」

リングケースをもとの位置に戻した蓮人が、雅一の写真に視線を向ける。そのまま、しばらくの間写真に見入ったあと、肩越しに夏乃子を振り返った。

「写真、伏せてもいいか？」

「……うん」

夏乃子が返事をすると、彼は雅一の写真を本棚の上に伏せた。

「さて……。じゃあ、俺が人間湯たんぽになって夏乃子を温めるとするか」

蓮人がベッドに近づきながら、そう言って微笑みを浮かべた。

口調は軽いけれど、彼の顔には夏乃子に対する気遣いと思いやりが見て取れる。

布団を必要最小限にめくり上げると、蓮人が滑るように夏乃子の隣にもぐりこんできた。ベッドは去年少し大きめのセミダブルサイズに買い替えたから、二人で寝られない事はない。しかし、背の高い彼には、少々窮屈そうだ。

「心配しなくても、落ちたりしないよ」

仰向けになった蓮人が、左手で夏乃子の身体を抱き寄せてくる。Ｔシャツの胸元に頬を預けるような格好になり、心臓の音が聞こえてしまいそうなほどドキドキした。

確かに、くっついていれば落ちる心配はなさそうだが、蓮人とこんなに密着したまま眠れるだろうか？　逆に目が冴えてきそうな気がする。

「れ、蓮人……」

顔を上げると、笑った顔で額にキスをされた。

「俺と一緒なら、夏乃子は何も心配はいらない。そうだろう？」

三日月形になった目と、目尻の笑い皺。

見つめ合っているうちに、心に安らぎが広がっていくのを感じた。

「うん」

頷いて顔を上げると、今度は唇にキスが降りてきた。

彼がキスをしてくれるたびに、まるでもう何年も前から恋人だったような気持ちになってくる。

本棚の上には、まだ雅一の写真がある。けれど、そこを見ても彼と視線が合う事はない。

雅一の事は、きっとこれからも心に残り続けるだろう。

そうであっても、夏乃子のそばには蓮人がいてくれる。彼がそばにいてくれる間は、何もかも忘れて蓮人だけを感じていたい。

夏乃子は蓮人の胸に顔をうずめると、そこに顔を擂り寄せて静かに目を閉じるのだった。


翌朝、夏乃子が目を覚ますと、ベッドの隣はすでに空っぽになっていた。

時刻は午前六時半。すぐに起き上がってほかの部屋を探したが、やはり蓮人はどこにも見当たらない。

キッチンに洗い終えた二人分の食器があるから、彼がここに来たのは確かだ。

（途中で寝ちゃったけど、いつ帰ったんだろう？）

念のため体温を測ると、やはりもう熱はない。喉の痛みもなくなり、睡眠を十分にとれたため頭もすっきりしている。

（これも、蓮人のおかげだな）

はじめこそ、戸惑って彼を拒絶しようとした。

けれど、面と向かってじっくり話をした事で、頑なまでに過去に囚われていた心が解放されたようだ。そのせいか、気分も晴れやかになっている。

むろん、雅一を忘れたわけではないが、ようやく彼の死を受け入れて新しい一歩を踏み出せるような気がしていた。

（雅一が隣で寝てても、あんなふうになった事なかったのに……。って、比べるような事じゃないけど）

今日明日は外に行く仕事はなく、自宅でゆっくりできる。

とりあえず汗を流そうと洗面所に行き、鏡を見るなり、思わず「あっ」と声が出た。

大泣きしたせいで目蓋は腫れぼったくなっているし、髪の毛はボサボサ。

はっきり言って不細工だ。こんな顔で蓮人といたと思うと、我ながらがっかりする。

それなのに、なぜか気持ちは弾むように軽やかで、自然と顔に笑みが浮かんだ。

「これで蓮人の恋人とか、笑わせないでって感じだよね……ほんと、ひどい」

夏乃子は鏡に映る自分に顔を近づけて、ぷっと噴き出した。これだけみっともない顔を見られたなら、もう怖いものなしだ。

鼻歌を歌いながらシャワーを浴び、身体を洗ったあとでバスタブにお湯を張った。

用意しておいたワイヤレスイヤホンでクラシック音楽を流しながら、ゆっくりと湯に浸かる。

頭をバスタブの縁に預け、目の上に冷たいタオルを載せた。狭いから、どう頑張っても手足は伸ばせない。仕方なく脚を高く上げて壁にもたれさせ、目を閉じてここは自宅ではなくどこかの温泉宿だと想像する。

思い浮かんできた景色は、高く生い茂る竹藪と青い空。

夏乃子は空想の中で手足をゆったりと伸ばし、深呼吸をした。海外にも取材旅行に行きたいと思うが、日本にはまだまだ訪れたい土地がたくさんある。

八重と打ち合わせをした結果、次に「レディーマイスター」で紹介する旅先は四国の瀬戸内海側にある街に決定した。

旅のルートはもうだいたい決まっているし、今度の取材も有意義なものになりそうだ。

十分に温まってからバスタブのお湯を抜き、ドライヤーで髪を乾かしたあと、ざっと風呂を掃除した。鏡を見ると、冷やしたおかげか目蓋(まぶた)の腫(は)れがだいぶましになっている。ホッとしながら身体にバスタオルを巻き、ドアの外に出た。

和室のエアコンをつけておいたから、廊下もさほど寒くない。すっきりした気分で歩き出した時、突然玄関のドアが開き、冷えた外気が中に入ってきた。

「えっ！」

驚いてうしろを振り返ると、靴を脱ごうとして屈(かが)み込んでいる蓮人がいた。

「れ、蓮人!?」

「ただい……ま」

顔を上げた蓮人が、夏乃子を見てポカンと口を開ける。どこで調達してきたのか、彼は上下とも黒のスポーツウエア姿だ。

それからすぐに、夏乃子は自分がバスタオル一枚でいる事を思い出す。あわててバスルームの中に逃げ込んだが、床がまだ乾ききっていないせいで転びそうになった。とっさに伸びてきた蓮人の腕に助けられ、みっともなく転ばずに済む。

「あ、ありがとう」

「どういたしまして」

蓮人が夏乃子の耳からワイヤレスイヤホンを取り除き、洗面台の棚の上に置いた。バスルームの中はまだ温かく、湯気も残っている。

「驚かせて悪かった。インターフォンを押すと夏乃子を起こしてしまうと思ったから」

蓮人が夏乃子の両肩を腕に包み込み、頭のてっぺんにキスをする。彼に抱き寄せられて、風呂上がりで上気した頬が一層熱く火照り出す。

「具合はどうだ？　喉は？　風呂に入っても平気なのか？」

「もう平気。喉もぜんぜん痛くないわ」

「それはよかった。それにしても、いきなりバスタオル一枚でお出迎えとは、さすがに驚いたよ」

「だ、だって、蓮人はもう帰ったと思ってたから……」

「夏乃子に黙って帰ったりしないよ。朝ご飯を作る前に、近所を少し走ってきたんだ」

蓮人はよくドライブに行った先でもランニングをするようで、車には常にトレーニングウエアを置いているのだという。

「ちょっと買いたいものがあったし、ついでにランニングをしようと思ってね。それに、走って発散させないと、どうにもおさまりがつかなかったんだ」

「おさまりって？」

夏乃子が訊ねると、蓮人がにんまりと笑いながら指で顎をすくい上げてきた。走ったあとの髪はやや乱れており、いつも以上にセクシーで野生的な感じがする。

「夏乃子の寝顔が可愛すぎて、昨夜からムラムラしっぱなしでね。朝起きた時も、生理現象では済まされないほどだったから、いったん落ち着かせるために外に出たんだ」

「ム、ムラムラって……。私に？」

「決まっているだろう？　ほかに誰がいるんだ？」

彼の視線が夏乃子の鼻筋を通って、唇の上で止まった。

キスを予感して、夏乃子は無意識に唇を緊張させる。

「でも私の顔、すごく不細工だったでしょ？」

「そんな事あるもんか。夏乃子は最高に可愛いよ。目蓋が腫れたくらい、どうって事ない。むしろ、保護本能を掻き立てられて余計に抑えが利かなくて困るくらいだ」

「そ……そんな……」

バスタオルの腰をグッと引かれ、やや仰け反った体勢になる。バランスが取れなくなり、とっさに蓮人の背中に腕を回した。掌に逞しい広背筋を感じて心臓が跳ね上がる。

蓮人の言動は、いつもストレートで躊躇も誤魔化しもない。その分、彼の気持ちがダイレクトに伝わってきて、胸のドキドキが止まらなくなってしまう。

「今、夏乃子の掌がある場所、ちょうど前に引っ掻き傷ができた辺りだ。たぶんまだ残っているはずだけど、見てみる？」

「えっ？　まだ痕が残ってるの!?」

あれからもうひと月以上経っているのに、いったい自分はどれほど強く引っ掻いたのか。

蓮人がおもむろにトレーニングウエアの上を脱ぎ、ドアについているタオル掛けに引っかける。下に着ていたTシャツがそれに続く。そして、なぜか下に穿いていた物まで脱いで、そのまま夏乃子に抱きついてきた。

「え？　れ、蓮人――せ、背中は？」

「好きなだけ見ていいよ。だけど、その前にちょっとだけ俺の相手をしてくれないかな？　せっかくランニングをして治まったのに、こんなに色っぽい格好で出迎えられたら、いい加減、我慢の限界だ」

「が、我慢の限界って……それ、どういう意味？」

「夏乃子とセックスがしたいって意味だ」

屈み込んできた蓮人が、夏乃子の鎖骨の下をぺろりと舐める。

朝っぱらから、何を言い出すのだ！

頭ではそう思うが、身体のほうは一瞬で蓮人の熱い舌にほだされてしまっている。

「で……でも、うちにはなんの用意もないし……」

「避妊具なら、さっきランニングをしている途中で買ってきたよ」

蓮人の手には、いつの間にか避妊具の四角い箱が握られている。彼は夏乃子の目の前で箱を開け、中から正方形の小袋を取り出した。

「これは、今後ここで夏乃子とイチャつく時のために買ってきたんだ。だけど、夏乃子が俺を誘惑するから、さっそくひとつ減ってしまうな」

「ゆ、誘惑なんか……あっ……ちょっと――」

洗面台の前まで追い込まれ、鼻先がくっつくほど顔を近づけられた。ただでさえ狭いのに、そんなふうにされたら、いよいよ逃げられなくなる。

これほど直接的且つ、堂々とセックスを迫られた事などなかった。あからさまに誘われて、早くも息が乱れ始めている。ムードもへったくれもあったものではないが、それがかえって性的な欲求を掻き立てているみたいだった。

申し訳程度の抵抗を軽くいなすと、蓮人がバスタオルの胸元に指を引っかけた。

「これ、取ったほうがいいか？　それとも、このままがいい？」

「な……なんで、抱かれる前提になってるの？」

「だって、俺達は恋人同士だろう？　もちろん、無理強いはしない。同意がないのに行為を強いれば、それは不同意性交等罪になるし、この状況を無理強いしていると受け取られたら、不同意わいせつ罪になる。前は、とことん俺の言いなりになりたいって言ってくれたけど、今日はどうかな？」

蓮人が難しい顔をしながら、避妊具の小袋の封を切った。彼は中に入っている透明のゴムを指で摘むと、わざとらしく首をひねりながら夏乃子の表情を窺ってくる。

「そんなふうに聞くなんて、意地が悪すぎるっ……」

夏乃子は唇を尖らせながら、蓮人の背中に手を回した。口で答える代わりに身体に巻いていたバスタオルを取ると、すぐに唇を重ねられる。

「ごめん。好きだから、つい意地悪をしたくなるんだ」

そう話す蓮人が、見せつけるように舌なめずりをする。それを目にしただけで身体のあちこちがヒリヒリするほど熱くなり、彼が欲しくてたまらなくなった。

「夏乃子を見ていると、理性をかなぐり捨てて襲い掛かりたくなる……。今すぐ夏乃子を食らい尽くして、ぜんぶ俺のものにしてしまいたい」

彼は夏乃子を引き寄せたままバスタブの縁に腰掛け、右の乳房に吸い付いてきた。たちまち全身が快楽に震え、頭の中が淫(みだ)らな思いでいっぱいになる。

胸元を見ると、蓮人が舌先で乳嘴(にゅうし)を舐(な)め回しているのが見えた。舌遣いが巧みすぎて、今にも膝が折れそうになる。

もっと触れてほしい――

夏乃子は知らず知らずのうちに身も心も蓮人に強く惹かれ、彼にはじめて抱かれた時から、ずっとこうなるのを望んでいたのだと悟った。

「蓮人っ……」

夏乃子は彼の頭を掻き抱(いだ)き、自分から蓮人の唇に乳房を押し付けた。

雅一を失って以来、自分はもう二度と人を愛せない――愛してはいけないと思ってきた。

けれど、蓮人を知ってそれが覆(くつがえ)されたのを、今はっきりと感じる。

「私のぜんぶを、蓮人でいっぱいにしてほしいの。答えなんか待たなくていいから、好き放題に抱いて。すべて奪い去って――」

「いいよ」

夏乃子は立ち上がった蓮人に誘導されるままバスタブの中に入り、壁に背中をつけた姿勢で彼と向かい合わせになった。

「望みどおり、夏乃子のぜんぶを俺でいっぱいにしてやる。夏乃子の過去も未来も、すべて引き受けて、俺の事しか考えられなくしてあげるよ――」

そう言うなり、蓮人が夏乃子の右太ももを腕に抱え上げ、屹立の先で秘裂を縦に割った。

そこを何度となく撫で下ろされ、こすられた花芽が痛いほど腫れ上がる。先端を切っ先で捏ね回されて、ガクリと膝が折れた。へたり込みそうになる身体を蓮人に支えられ、唇を合わせながら両方の膝を左右の腕に抱え込まれる。

すぐに挿れてくるのかと思いきや、蓮人はそのまま緩やかに腰を動かして、秘裂をゆるゆると愛撫し始めた。

「あ、んっ……あ、ふ……」

角度が少し変われば、すぐにでも先端が中に入ってきそうだ。けれど、蓮人は、夏乃子が堪えきれずに漏らす声に目を細めている。どうやら、焦れている姿を見て楽しんでいるようだ。

「もうグショグショに濡れてる。一時も『待て』ができないみたいだな?」

蓮人の微笑みの裏に、獰猛な雄の顔が見え隠れしている。

それを見るうちに、夏乃子の中に隠れていた被虐的嗜好が疼き始めた。

前に彼に抱かれた時もそうだったが、蓮人という圧倒的な存在を前にすると、すべてを投げ出して無条件にひれ伏したくなってしまう。

そんな感情を持つなんておかしいと思っていたけれど、もう自分に嘘はつけなかった。

「うん。『待て』なんてできない。蓮人、お願い……。今すぐ挿れて。こんな事言うなんて、自分じゃないみたい。だけど……好きなの。蓮人が好きで好きでたまらなくなっちゃったの――」

ずっと言いたくて、それでも言えなかった言葉を口にしてしまった。

夏乃子は蓮人の腰に脚を絡みつかせると、縋るような目で彼を見つめた。

「夏乃子、今、俺を好きだと言ったのは、嘘じゃないよな?」

蓮人に訊ねられて、夏乃子は何度も首を縦に振った。

「ああ……嬉しいよ、夏乃子」

蓮人が両方の眉尻を下げ、蕩けるような笑みを浮かべた。

それと同時に、屹立が夏乃子の中に入ってくる。下からズン、と突き上げられて、歓喜の声が零れた。

深く突かれるたびに、蓮人の腕の中で身体が跳ねる。何度となく奥を穿たれて、快楽に身を捩った。

「もっとっ……。もっと、もっと突いて……お願い――」

一度溢れ出た気持ちは高まっていくばかりで、いっその事、このまま彼と交じり合ってひとつになってしまいたいと思う。

(そうすれば、永遠に蓮人とともにいられる)

彼とずっと一緒にいたいと思うし、蓮人という人を知って再び人生が輝き始めた気がした。

彼がいなくなったら、自分の世界はきっとまた色を失くす――

そんな考えが頭をよぎり、夏乃子は恐怖に震えて、無我夢中で彼の身体にしがみついた。

今まさに彼と交じり合っているのに、もっと求め合いたくて胸が切なさでいっぱいになる。

「蓮人……私の前からいなくならないで……。ずっと、ずっと一緒に……あぁああっ！」

蓮人の腰の動きが速くなり、硬く反り返った括れが下腹の内側を抉るようにこすり上げる。互いに激しく喘ぎながらするキスは、たまらなく淫靡だ。どれだけ貪っても、またすぐに欲しくなる。

自分がこれほど貪欲だったなんて、知らなかった。

夏乃子は蓮人の首にきつく腕を回すと、何もかも忘れて彼とのセックスに没頭する。

身体の内側から込み上げてくる劣情に身を焦がし、与えられてもなお欲しくてたまらない蓮人のものを思い切り強く締め付けた。

「夏乃子っ……」

蓮人の眉間に深い縦皺が刻まれ、すさまじいほどの圧迫感が蜜窟の奥で爆ぜた。

同時に、夏乃子も頂点に達し、蓮人と本当の意味でひとつになれた事を実感する。

「蓮人……」

一度目のセックスで身体が繋がり、二度目のセックスでは心が通じ合った。

夏乃子は強く彼の身体に抱きつき、腰をくねらせるようにして切っ先に子宮口をこすりつける。

「蓮人……愛してる……。私、蓮人の事、愛してもいいんだよね？」

その呟きは無意識に出たもので、自分では声を出しているつもりはなかった。けれど、それに反応するかのように、夏乃子の中で果てたものが、今一度硬くなって内奥(ないおう)を甘く押し広げてくる。

「もちろんだよ、夏乃子」

蓮人が、夏乃子の耳に囁(ささや)きかけてきた。

今まで生きてきた中で、これほどまでの多幸感ははじめてだ。

「……ありがとう、蓮人――」

夏乃子は気持ちを込めて礼を言うと、彼とともに新たに押し寄せてくる快楽の波に身を委(ゆだ)ねるのだった。

◇　◇　◇

弁護士の仕事は、依頼する者があればあるほど忙しくなる。

基本的に一年中多忙だ。だが、裁判所とのやり取りがある関係で、裁判官の異動や長期休暇取得が集中する時期は、いくぶんスケジュールに余裕がある。

しかし、企業法務の仕事をメインに担当している蓮人は、その限りではない。

コンプライアンス問題は頻繁(ひんぱん)に起こるし、社員の労務管理にまつわるトラブルは日常茶飯事だ。

頻発する企業間取引にかかわる争いや、複雑で神経を使うM&Aに関する業務など、仕事は次々とやってくる。

その代わり出社は基本自由だ。勤務の時間の縛りもないため、仕事量を自分で調整できる。

むろん、だからといって余裕をもって仕事ができるというわけではないし、忙しい時は帰宅できない日が何日も続く。

現に蓮人は、今、事務所の六階にある自身の執務室で残業をしていた。

時刻は午後十時半。晩御飯は、昼間近所のパン屋で買っておいたバゲットサンドイッチとコーヒーで済ませた。

「築島商事」に関する仕事はだいぶ進み、あと少しで完了する。

途中、調査対象者達による偽装工作に振り回されもしたが、今や証拠はすべて揃い、あとは事実確認を残すのみになった。

仕事に私情を挟んだ事などなかったし、そうすべきではないと思っているが、夏乃子と出会い、身体を重ねて、思いのほか心が動いた。

よもや自分がここまで一人の女性に熱くなるとは思いもしなかった。

『お前も、いよいよ年貢の納め時だな』

そんなふうに親友に言われて、大笑いされた。親友は夏乃子との初デートで利用したレストランのオーナー兼シェフで、彼女とも面識がある。

『そんなに好きなら、とっととプロポーズして結婚しちまえよ』

二年前、自身も超がつくほどのスピード婚をした彼は、そう言って蓮人に発破(はっぱ)をかけてきた。

親友に言われるまでもなく、愛情に恵まれずに生きてきた夏乃子を、これ以上一人にしておく事はできない。

「築島商事」の案件が完了するまで、あと少しだ。

(本当は今すぐにでもプロポーズしたいくらいなんだがな……。しばらくは、目一杯幸せな恋人期間を楽しんでもらおうか——。いや、楽しむのはむしろ俺のほうかもしれないな)

夏乃子という女性を知り、それまでの恋愛観が一変した。

趣味にスポーツにと、それなりにプライベートを充実させていたつもりだったが、恋愛する気はゼロに等しかった。

別にそれでいいと思っていたし、一生独身を貫くつもりでいた。

理由は面倒だったからであり、誰かと恋人関係になる煩わしさを、身をもって知っているから。

恋人がいない一人暮らしは快適そのものだし、自分はこのまま独身生活を謳歌する人生が合っていると思っていた。

けれど、夏乃子に会って、そんな考えがすべて覆ってしまった。

ただただ、夏乃子が欲しい。

彼女がいなければ、人生は砂を噛むように味気ないものになるだろう。

そう確信できるほどに、夏乃子を愛している。

これはもう動物的な欲求と言ってもいいほどで、明確な理由を述べよと言われても困るくらいメンタルとフィジカルの両面で彼女を求めていた。

(それだけ、夏乃子が俺にとって唯一無二の存在だって事なんだろうな)

蓮人は、外見からして陽気で情熱的な男だと思われがちだ。

陽気なのは間違っていないが、情熱的かと言われたら首をひねらざるを得ない。

むろん、仕事に関しては情熱を持って取り組んでいるが、それ以外では結構淡泊だし、冷めていると言われる事もしばしばだ。

そんな自分が、これほどの情熱を持って女性を愛するとは、人生何が起こるかわからない。以前は、子供を持つ事など考えもしなかったのに、今やそれすら視野に入れてあれこれ将来を考え、一人でニヤニヤしているくらいだ。

（夏乃子と結婚したら、すぐにでも子供が欲しいな。いや、もちろん子供は天からの授かりものだし、できなくても夏乃子さえいてくれたら俺は――）

いろいろと思いを巡らせているうちに、猛烈に夏乃子に会いたくなった。

今すぐに彼女を抱きしめ、思い切り愛し合いたい。

いろいろな角度から攻め立て、何度も彼女の中に自分を刻み込みたくて仕方がなくなる。

（まるで飢えた野獣だな）

我ながら呆れるが、夏乃子に対する劣情は、自分でもコントロールできないほど強く激しかった。

蓮人はデスクに広がった書類を脇に追いやり、こめかみを指でグイグイと押し始める。

「あとは明日にするか……」

目を閉じて天井を見上げると、目に浮かぶのは夏乃子の姿だ。

（今頃は旅館でゆっくりしている頃かな）

今回の取材先は四国で、泊まるのは温泉宿だと聞いている。

（せっかくだから、プロポーズをする時は、旅行にでも連れ出すかな？）

昔はあちこち旅していたが、今は仕事に忙殺されて海外どころか国内旅行にも行けていない。

国内か海外のどちらがいいだろう？

一生に一度の事だし、ロケーションにもこだわりたいし、シチュエーションも大事だ。

その前に、軽く一泊旅行にでも行って夏乃子が喜びそうな行き先を探るのもいいかもしれない。

今の自分は、夏乃子を喜ばせたくてたまらないようだ。

善は急げとばかりに、蓮人はおもむろにノートパソコンを開くと、旅行サイトを閲覧し始めるのだった。

◇◇◇

冬は寒く、出かけるのが億劫になる季節だ。

けれど、普段大勢の観光客でごった返す人気スポットも、いくらか人が減ったり宿泊費も安くなったりと、考え方によってはメリットの多い時期でもある。

今回、夏乃子が選んだ旅先は四国の温泉地で、名の知れた観光地ではなく、いわば知る人ぞ知る秘境だ。

四国の気候は、瀬戸内海側と太平洋側で特性が違う。さらにその境目となる山地では、それとはまた異なる山岳気象が見られた。

華やかな賑わいはないが、そこだけにしかない冬ならではの特別な風景が楽しめる。

日程は二泊三日で、飛行機で現地に着いてからの移動手段は、両日ともバスとレンタカーだ。

天気予報では雨が心配されていたが、幸いにも風が雨雲を吹き飛ばしてくれて、さほど濡れずに取材を終える事ができた。

一泊目は四国山地の渓谷にある温泉宿を拠点に、美しく雄大な自然に触れ、素朴で味わい深い郷土料理を楽しんだ。

二日目は県をまたぎ、時代を遡ったようなレトロ感のある街を散策し、夜は山の中に建つ鄙びた宿で露天風呂と囲炉裏を囲んでの鍋料理を満喫した。

(どっちも大正解の場所だったな)

三日目の午後、すべてのスケジュールを消化した夏乃子は東京に帰るために空港に向かった。

飛行時間は約一時間半。

昨夜のうちに記事の骨組みは書き上げてあるし、写真の整理も済ませた。

それらは、後日「レディーマイスター」の専用ページに、たくさんの写真とともに掲載される予定だ。

「レディーマイスター」で旅行の記事を書かせてもらう時は、取材先を決めるのはたいてい夏乃子自身だ。もちろん、事前に決まっている時もあるし、サイトの閲覧者からのリクエストを参考にする場合もある。

（もう一日滞在できていればなぁ。それに、蓮人が一緒だったら、もっと違う楽しみ方ができたかも……）

そんな事を思いながら搭乗ロビーに向かい、ショッピングエリアを一回りする。

これまでの夏乃子は、取材に行ってもプライベート用に土産など買う事はなかった。しかし、今回は店の前を通るたびに足が止まる。

つい蓮人の顔が思い浮かび、彼が喜んでくれるかどうかを考えたりしてしまうのだ。

しかし、実のところ蓮人へのお土産はすでに買ってあり、手荷物と一緒に預けてある。

それなのに見ると気になって、結局追加であれこれと買い込んでしまった。

蓮人とは、お見舞いに来てくれた時に互いの想いを確かめ合い、正式に恋人として付き合う事になった。

雅一の事は忘れてはいけないと思っているし、今もその思いは変わらない。

それでも蓮人を好きな気持ちが止められなくなり、気がつけば本気で彼を愛してしまっていた。

『たった一年半前に恋人を亡くしたばかりなのに、なんて薄情な女なの？』

『雅一は、あなたのせいで事故に遭ったのよ。それを忘れたの？』

蓮人と気持ちを確かめ合うまで、何度そんなふうに自分を責めた事だろう。

けれど、もう自責の念に囚われ続けるのをやめると決めた。

蓮人と二度目の夜を過ごした時、夏乃子は雅一の写真を伏せた。そして、それは今もそのままになっている。

雅一が亡くなって以来、ずっとそこにあったものだ。ふと手が伸びて、写真をもとに戻しそうになるが、そのたびに蓮人の顔が思い浮かんだ。

結局、夏乃子は雅一の写真を伏せたまま、一度も手に取っていない。それが自分なりのけじめであり、蓮人を受け入れると決めた想いの証だった。

夏乃子は彼によって心を救われ、感情と人生を取り戻した。

振り返ってみれば、雅一を失ってからずっと暗闇の中を手探りで歩き続けてきたような気がする。

蓮人は、そこに射し込んできた太陽の光そのものだ。

彼がいてくれると思うだけで、心がゆったりとして温かくなる。

それだけに、失った時にどれだけ深い悲しみが待っているか想像もつかない。だが、もし仮にそうなってしまっても、蓮人と出会い愛し合った事を後悔しないだろう。

(だって、蓮人は目一杯私を愛してくれてるんだもの)

そう確信できるほど、彼は夏乃子を愛情で包み込んでくれている。

搭乗時刻となり、夏乃子は飛行機に乗り込んで窓際の席に着いた。場所は翼が見える真ん中あたりで、少し経って隣に外国からの旅行客らしき熟年カップルが並んで腰を下ろした。

どうやら女性のほうは飛行機の離陸が苦手なようで、男性が何やら話しかけながら彼女の手を握っている。

(仲がよくて微笑ましいな)

女性の膝の上に載っている旅のガイドブックには、たくさんの付箋がついていた。

それを見た夏乃子の胸に、いつかまた海外を旅したいという気持ちが湧き上がる。

それと同時に思い浮かぶのは、蓮人の笑った顔だった。

（……雅一、ごめんね。そして、ありがとう）

飛行機が離陸し、高度を上げて雲を突き抜ける。

夏乃子は窓の外の青空を見つめながら、今の幸せがずっと続きますようにと、心から願うのだった。


四国から戻った次の日の午後、夏乃子は蓮人のために買った土産（みやげ）を持って、彼のマンションを訪ねた。週末という事もあり、駅からの道は人通りが多い。彼は自宅まで車で迎えに来ると言ってくれたが、前夜遅くまで仕事をしていたのを知っていたから、今回は蓮人の家で待ち合わせる事にしたのだ。

前回ここへ来た時は夜だったし、ともに朝を迎えたとはいえ、じっくりと観察する余裕なんかなかった。

改めて見てみると、やはりここは庶民が気軽に足を踏み入れられるようなところではない。

まず、入り口に黒服の男性のコンシェルジュがおり、入館者のセキュリティチェックをしている。中に入ると、聞こえてくるのは静かなクラシック音楽だ。左手にカウンターがあり、そこにはグレーの制服を着た女性コンシェルジュが常駐しており、今も入居者であるらしい背の高い金髪の男性と何かしら話している。

きっと、著名人も住んでいるに違いない。

そう思っていた矢先に、乗り込もうとしていたエレベーターから誰もが知る俳優夫婦が出てきた。あっと声が出そうになるのを抑え、軽く頭を下げて挨拶をする。芸能人オーラ全開の二人から会釈され、平静を装うのに苦労した。

(びっくりしたぁ……。やっぱり、ちょっといい服を着てきてよかった)

夏乃子はブランド物には興味がなく、贅沢とは無縁の生活をしている。しかし、取材先によってはマナーに反しない、きちんとした装いをしていく必要があった。今日着ているのは、そんな時のために買ったローウエストのワンピースだ。

エレベーターで上階に向かい、足早に廊下を進み蓮人の部屋の前に辿り着くと、タイミングよくドアが開く。

「いらっしゃい。待ってたよ」

顔を合わせると同時に中に引き込まれ、頭のてっぺんに頬ずりをされる。

今日の彼は、黒いTシャツに、ゆったりとしたコットンパンツ姿だ。ラフな格好だし、髪の毛も洗いっぱなしのようで若干癖が強く出ている。

そんなさりげない姿が、ドキッとするほどかっこいい。

動揺を隠しつつ靴を脱ぐと、そのまま縦抱きにされて、何か言う間もなくリビングまで連れていかれた。

広さは二十畳以上あり、前と右は全面ガラス張り。壁は白く、フローリングの床は温かみのあるベージュで、インテリアはブラウン系で揃っている。

「かっこいい部屋ね。うちとは大違い……」

「そうか？　じゃあ、まずはルームツアーをしようか」

荷物をテーブルの上に置き、蓮人に連れられて家の中を見て回る。

メインのベッドルームのほかにも部屋が二つあり、ダイニングキッチンは使い勝手のいいアイランド型だ。バスルームとトイレは言うまでもなく別々にあり、バスタブは手足をゆったりと伸ばせるほど広い。

マンション内にはフィットネスルームがあるようだが、部屋のひとつにはいくつかのトレーニングマシンが置いてあった。

「すごい……」

ほかに言いようがないし、窓から見える景色だけでも一見の価値がある。高所恐怖症ではないけれど、さすがに高すぎて足がすくむ。いったい、どれくらい遠くまで見えるのか見ていると、うしろから「わっ」と脅かされた。

「きゃあああっ！」

驚いて飛び上がり、大声で叫んだ。背後から抱き寄せられて、動けなくなってもなお身体の震えが止まらない。

「ごめん！　そんなにびっくりするとは思わなかった。だけど、出会ってから一番の大声が聞けてよかったよ」

唇にキスをされ、満面の笑みを浮かべる蓮人を目の当たりにする。

彼の無邪気な笑顔を見た夏乃子は、怒るどころか、つられて笑ってしまった。

「今度は笑った。今日は、夏乃子のいろいろな顔が見られそうで嬉しいよ。……夏乃子、会いたかった。すごく寂しかったよ」

「私も――」

裏のない蓮人の笑顔と言葉が、夏乃子の心に染み入っていく。

見つめ合ううちに、どちらともなく唇を寄せてキスをし、じきに息遣いが荒くなっていく。窓に背中を寄りかからせたままキスを繰り返していると、リビングからスマートフォンの着信音が聞こえてきた。

「あ……まただ……」

呟くと同時に肩が縮こまり、キスどころではなくなってしまう。音から逃げるように顔を背けると、蓮人が顔を覗き込んでくる。

「どうした？　もしかして実家から？」

「たぶん、そう。……実は、今朝母から電話がかかってきて、仕送りの額を増やす件はどうなったのかってしつこく聞かれて――」

今月に入ってすぐに、夏乃子はいつもどおりの金額を母の口座に送金した。それ以降音沙汰がなかったから、てっきり納得したのかと思っていたが、そうじゃなかったみたいだ。

母は最初こそ猫なで声を出していたが、夏乃子が増額を断ると前回同様怒鳴り始めた。

『弁護士の恋人がいるなら、もっと出せるはずでしょ』

『この、恩知らず！　あんたは母親と兄が野垂れ死んでも平気なの？』

ほかにも、あれこれと娘に対する悪口を並べ立て、いい加減嫌になって電話を切るとすぐにまたかかってくる。

その後、着信音が鳴らないよう操作し、家の電話もジャックを抜いて知らん顔をしていた。ここへ来る前に元に戻したのだが、しつこくかけてきたのではないだろうか。

「一応、誰がかけてきたか確認してみるか？」

「そうね……。仕事の電話かもしれないし」

音は、まだ鳴り続けている。

夏乃子は蓮人とともにリビングに戻り、バッグからスマートフォンを取り出した。

かけてきているのは、やはり母だ。

「俺が出ようか？」

「ううん。出ないで」

先日、蓮人と話した時の母親の声は、いつも以上にかん高く聞くに堪えなかった。

そんな声を、また彼に聞かせたくなかったし、そんな母親を持つ自分が恥ずかしくて仕方がない。

「夏乃子も出たくないんだね？　俺が電話を切ってもいいか？」

蓮人に聞かれて、すぐに頷く。すると、彼は夏乃子の代わりに画面を操作して電話を切ってくれた。

「夏乃子、こっちにおいで」

蓮人に肩を抱かれて、窓に面したソファに腰を下ろす。彼は夏乃子の背中に腕を回し、頭を自分の胸に寄りかからせてくれた。

「夏乃子の家族の話を、もう少し聞かせてもらっていいかな？　むやみに首を突っ込むべきではないんだろうが、さっきまでせっかくいい顔をしていたのに、今の夏乃子はすごく辛そうな顔をしてるよ」

髪の毛を優しく撫でられているうちに、ようやく気持ちが落ち着いてきて、安堵（あんど）のため息をつく。

顔を上げると、思いやりに溢れた目をした蓮人に微笑みかけられた。

「うちの母、昔はまだ今よりいくらか普通だったわ。でも、私が小学校に上がる頃からだんだん性格がきつくなり始めて、よくヒステリーを起こすようになったの。八つ当たりされるのは、いつも私か父だった」

母親に言わせると、不機嫌の原因は父親と夏乃子にあり、家族の中で唯一信頼できるのは兄だけなのだそうだ。

本当のところはどうかわからないし、もはや理解しようとも思わないが。

「父が亡くなってから、母はずっと兄と二人暮らしをしてるの。家は父と母の共有名義だったんだけど、父が亡くなって返済残高は母の分だけになったの。でも、それももう完済しているはずだし、母も兄も働いているから、金銭的に困る事はないと思うんだけど——」

しかし、夏乃子は父の葬儀以来、実家に帰省しておらず、今の二人がどう暮らしているかわからない。夏乃子と兄は昔から仲がいいとは言えなかったし、今まで兄妹間で連絡を取り合った事は一度もなかった。

「できれば、もうかかわりたくないし、正直親子の縁を切ってしまいたいくらいなんだけど……。でも、育ててやった恩があるとか、いくらかかかったと思っているんだ、とか言われると、それもできなくて……」

愛情は掛けてもらえなかったけれど、衣食住に困った事はないし、虐待を受けたわけでもない。

母は外面(づら)がいいだけに、ほかの人がいるところでは夏乃子にも優しくしてくれた。

大きくなってからは、それが一時的なものだと理解できたが、幼い頃は単純に嬉しかった事を思い出す。

「母は、周りに人が多ければ多いほど、私に優しくしてくれたわ。兄と私が小学生だった頃の運動会の時とか、手作りのから揚げを私に手渡してくれたりして――」

いつも兄だけのものだった母の笑顔が、その時だけは夏乃子にも向けられた。

もっとも、兄が卒業して中学生になったのをきっかけに、母が小学校の運動会に来る事はなくなったが……

「とにかく、徹底して兄だけを可愛がるの。もう、なんだか笑えてきちゃうくらいだったな。この人には兄しかいないんだなって……。だから、必死にバイトして家を出る準備をしたのよ」

「お父さんは、何も言わなかったのか？」

「うん、何も……。言わなかったというより、言えなかった感じかな。きっと、母が怖かったのね。

何をするにしても母の顔色を窺って、母を介してしか私にかかわろうとしなかったの」

そこに娘がいないかのように振る舞う父親と、人前でのみ可愛がって家では徹底して冷たい態度をとる母親――

今思えば、どちらも同じくらいひどい親だ。

それでも、幼い頃は父の何倍も母が好きだった。

その記憶が、夏乃子が母を強く拒(こば)めない要因のひとつになっているのかもしれない。

そんな事を話していると、また母から電話がかかってきた。

蓮人は即座に拒否ボタンをタップし、夏乃子の許可を得てからスマートフォンの電源を落とした。

そして、夏乃子を守るように、一層強く肩を抱き寄せてくる。

「夏乃子。残念だが、法的に親子の縁を切る事はできない。だが、親には子供を扶養する義務がある。当然、そのために使われたお金について夏乃子が負い目を感じる必要はない」

蓮人がスマートフォンをソファ前のテーブルに置き、改めて夏乃子に向き直る。

「その一方で、直系血族と兄弟姉妹には、互いを扶養する義務がある。でも、自分の生活を犠牲にしてまでする必要はない。……たぶん、夏乃子は、そういうのをぜんぶわかっていて、それでも送金を続けていたんだろう？」

「……うん」

母親に送金を要求されたのは、社会人になって三年目の春だ。

それから事あるごとに金額を上げろと言われ続けてきた。フリーランスになったばかりで、送金が厳しくなった時期も、母は減額してくれるどころか、相談もなしに旅行会社を辞めた夏乃子を罵倒して送金を続けさせた。

その時、あまりの理不尽さに苦しくなって、親の扶養について自分なりに法律を調べたのだ。

「どうしてわかったの？」

「夏乃子の話を聞いていて、なんとなくね。夏乃子は、お母さんが好きだったし、今もその思いを捨てきれずにいる。だから、送金を止められない。夏乃子にとっては、それが唯一、お母さんと自分を繋げてるものだから——。そうじゃないか？」

「……うんっ……」

頷いた途端に、涙が溢れた。彼に指摘された事で、はじめて自分が母親に対して抱いていた気持ちを自覚したような気がする。

いくら愛情を求めても、母親からそれを受ける事はできない——

そうとわかっていながら、繋がりを断てなかった自分がとても哀れだ。

夏乃子が涙を流しながら蓮人を見上げると、身体を横抱きにされて膝の上に抱え上げられた。

そのままひとしきり涙を流した夏乃子は、蓮人に手渡されたティッシュで洟をかんだ。

「……ごめんね。私、蓮人の前では泣いてばかりいる気がする」

「何も問題ないよ。それだけ俺の事を信頼してくれてるって事だし、俺は夏乃子のいろいろな表情が見られて嬉しい」

「前に、八重にもそんなふうに言われたわ。私が感情をあらわにするのが嬉しいって」

夏乃子は、蓮人とはじめて会った時の事を八重に愚痴った話をした。

「そうか。じゃあ、俺が夏乃子の喜怒哀楽を取り戻すきっかけになったって事だな」

「そういう事になるわね」

「実に喜ばしいな。やっぱり、俺と夏乃子の出会いは、お互いにとって必然だったんだな。もちろん、俺は夏乃子を悲しませたりしないし、これからは俺が目一杯、愛情を注(そそ)いでやる。夏乃子が拒(こば)んでも愛し続けるから、覚悟しろよ」

笑顔でそう言われて、一気に晴れやかな気分になる。

蓮人にもたれかかり、髪の毛を撫でてもらっているうちに、だんだんと心が落ち着いてきた。

「私、母とは距離を置こうと思う。今までも、何度かそう思った事はあるけど、結局できなかったの。でも、もう母からの電話にビクビクしたくない」

夏乃子が神妙な顔でそう言うと、蓮人が穏やかな笑みを浮かべながら、頬にチュッとキスをしてきた。

「よく決心したな。偉いぞ、夏乃子」

顔中に何度となくキスをされ、いつの間にか夏乃子まで声を上げて笑っていた。

「ずっと一人で頑張ってきて偉かったな。これからは、いつでもそばに俺がいるから、もう何も心配はいらない。夏乃子の事は、俺が守るって約束するよ」

それから、弁護士の観点も踏まえて、母親とのかかわり方について話し合う。まずは実家の暮らしぶりや経済状況を正しく把握した上で、今後の送金の有無(うむ)も含めて可能な限りかかわりを絶つ事にした。

「必要に応じて俺が動くから、夏乃子は当面何もしなくていいよ」

「ありがとう。迷惑かけて、ごめんね」

「謝らなくていいし、迷惑だなんて思わなくていいよ。夏乃子は、もう未来だけを見て生きていくんだ。――そうだ、夏乃子がお土産に買ってきた酒で、祝杯を上げよう」

蓮人の提案を受けて、夏乃子は彼の膝から下りて、持参した紙袋からお土産を取り出してテーブルの上に置いた。

メインは、生産者が自家栽培した米で作った辛口のどぶろくだ。そのほかは、竹に太刀魚を巻いて焼いた太刀魚巻と、ふっくらとした肉厚のじゃこ天。その横に、袋入りの芋けんぴが並ぶ。

「ぷっ……さすが夏乃子が選んだだけあって、すごいラインナップだな」

キッチンから器や箸を持ってきてくれた蓮人が、可笑しそうに笑った。

言われてみれば、まるで色気がない。ビジュアル的にも、およそ二十代の女性が買ってくるような土産ではなかった。

「おじさんっぽいって言いたいんでしょ。だけど、どぶろくは栄養があるし、美容にもいいのよ。じゃこ天もカルシウムたっぷりだし、太刀魚巻はお土産屋さんのイチオシだったの。芋けんぴだって――むぐっ……」

話している途中で、一口大にちぎったじゃこ天を口の中に入れられた。仕方なくもぐもぐと咀嚼すると、口いっぱいに小魚の旨味が広がる。

「うん、やっぱり美味しい。これ、泊まった宿で食べたんだけど、その時はちょっとあぶって、ネギと大根おろしでいただいたの」

「ふむ……それ、すごく美味そうだな。大根とネギなら冷蔵庫に入ってるか……ちょっと待ってろ」

蓮人はそう言うが早いか、じゃこ天を持ってキッチンに向かった。

「え？　あるの？」

三十代の独身男性の自宅冷蔵庫に、大根とネギがあるとは思わなかった。

普通なら女性が出入りしているのではないかと思うところだが、蓮人の料理の手際のよさを考えると、あってもさほど不思議ではない。

夏乃子は、どぶろくの瓶を開封し、蓮人が用意してくれたグラスに注いだ。それを持ってキッチンに向かうと、蓮人がじゃこ天をフライパンであぶりながら、ネギを切っているところだった。

夏乃子はおろし器を借りて大根をすりおろし、皿の隅に載せる。

「わぁ、お皿が立派だと、すごく見栄えがいいわね」

「そうだろ、その皿。俺が作ったんだ」

「ええ、蓮人が？　どこで？」

聞けば、陶芸は蓮人の趣味のひとつであり、たまに休みの日に地方の窯元を訪れて、器作りを楽しんでいるのだという。

「はじめは体験教室で簡単に作れるものを習って、何度も通ううちにそこの社長と懇意になってね。

個人的に教えてもらいながら、いろいろと作らせてもらえるようになったんだ」

「へえ……楽しそうね」

取材で陶芸の盛んな地方を訪れた事はあるが、陶芸は未経験だ。一度、取材を兼ねて体験してみるのもいいかもしれない。

夏乃子が密かに胸を膨らませていると、蓮人がじゃこ天を皿に盛りつけながらにっこりと笑った。

「今度、一緒に行ってみるか？」

「いいの？」

「もちろんだ。社長にも夏乃子を紹介したいしね」

出来上がったじゃこ天に、しょうゆを垂らした大根おろしとネギを載せる。蓮人がそれを箸で摘み、夏乃子に食べさせてくれた。

「んんっ、美味しい！」

「美味いな。さすが本場のじゃこ天だ。味がしっかりしてる」

夏乃子は蓮人にどぶろく入りのグラスを渡し、彼と杯を合わせた。

「どぶろくは、もっと甘いものだと思ってたけど、これは程よく酸味があって美味いな」

「でしょ？　これも宿で出してくれたの。そこの宿で出た料理は、派手さはないんだけど、素朴で本当に美味しかったのよ」

「そうか。夏乃子が書いた記事を読むのが楽しみだな」

じゃこ天の皿を持ってリビングに戻り、太刀魚巻きを食べ、どぶろくを飲みながらお喋りを楽しむ。

「芋けんぴって結構甘いけど、この甘さなら許せちゃう」

夏乃子は、フライドポテトのように芋けんぴを摘んでは口に入れる。

「素朴な甘さだからいいのかな？　ふむ……夏乃子の甘さの好みが、だいたいわかってきたぞ」

蓮人が頷きながら、どぶろくを飲み干した。そして、夏乃子が咥えている芋けんぴの端を齧り、そのまま唇にキスをしてくる。

「む……ぐ……」

こんなふうに戯れながら午後のひと時を恋人と楽しむなんて、まるでドラマみたいだ。彼といるだけで、いろいろな意味で視野が広がってくるような気がする。

「そういえば、八重から聞いたけど『レディーマイスター』の恋愛相談が大好評なんでしょ？　親身になって法的な解決策を提示してくれるから、相談が殺到してるって悲鳴を上げてたわ」

八重は元恋人の件が綺麗に片付き、精力的に仕事をしている。それに、新しい恋に踏み出すべく、ふさわしい男性を物色中だ。

「また蓮人のお世話にならないように、相手には気をつけるって言ってた」

「そうか。俺の出番がない事を願うが、もし必要になったら、いつでも力を貸すよ」

蓮人が、いかにも弁護士らしいキリリとした表情を浮かべる。

彼がいてくれると、本当に心強い。

夏乃子は杯を重ねながら、彼と出会った幸運をしみじみと噛みしめた。

「蓮人……いろいろと助けてくれて、ありがとう」

「どういたしまして。困っている人を助けるのは仕事であり、人生における俺の役割だ」

「素敵ね。蓮人は、どうして弁護士になろうと思ったの？」

「やはり弁護士をしていた父方の祖父の影響かな。祖父は昔から俺の父とは、あまりそりが合わなかったんだが、俺とは馬が合ってね」

蓮人の祖父は明るい性格の楽天家で、父親はとにかく生真面目で厳格な人であるらしい。

「祖父は自由人で、今はもう引退して祖母と一緒にタイで悠々自適の生活を送ってるよ」

「タイ？　じゃあ、移住なさったの？」

「とりあえず退職者用の長期滞在ビザを取得して住んでるんだ。もしかすると、そのまま永住するかもしれないけど、別の国にも住んでみたいって言ってるよ」

「わぁ……なんだか憧れちゃうな」

「祖父母は二人とも旅行好きだし、夏乃子とも気が合うと思うよ」

かたや蓮人の父親は、大手金融機関の代表取締役社長をしているようだ。それを聞いて目を丸くしていると、笑いながらこめかみにキスをされた。

「俺も祖父と同じで、昔から父とは少々気が合わなくてね。悪い人じゃないんだが、言ってみれば性格の不一致かな。母ともそれが原因で不仲になって、俺が中学の頃離婚したんだ」

蓮人が話してくれた事には、彼の父母の夫婦仲はかなり前から冷めており、離婚は不可避だったらしい。離婚をきっかけに、蓮人は祖父母と一緒に暮らすようになり、現在両親はそれぞれに新しい家庭を持っているそうだ。

「だから、祖父母とはよく連絡を取り合っているけど、両親とはもう何年も会ってないんだ」

「そうだったのね……」

理由や程度は違えど、蓮人も夏乃子同様祖父母が心の拠り所だったわけだ。

「このマンションは、もともと祖父のものだったんだけど、タイに住むから買い取ってくれって言われてね。住み心地は悪くないんだけど、できたらもっと土の香りがするところに住みたいんだがな」

「えっ？　こんなに素敵なのに？　お風呂だってトイレと別だし、部屋もたくさんあって、手を伸ばしたまま動き回っても、何かに当たる心配をしなくていいのに？」

夏乃子のアパートは狭く、ここととは比べようもない。気に入って住んではいるけれど、歩くとすぐに壁や物に行きあたってしまう。

夏乃子は、立ち上がって実際に両手を広げてみた。すると、ソファから腰を浮かせた蓮人が、夏乃子の身体を引き寄せてくる。気がつけば、ソファに腰掛けた彼の膝の上で馬乗りの姿勢をとっていた。

「実は、もう家を建てるための土地は確保してあるんだ。事務所からもそう遠くないし、利便性もいい。平屋でもいいんだが、将来的な事を考えるとやはり二階建てのほうがいいかな」

話を聞くと、敷地が広いから平屋建てにしても、ここよりは広くなるようだ。

（将来的って事は、結婚して家族と住むのを想定してるのかな）

なんとなくだけれど、蓮人は独身主義者なのかと思っていた。

彼ならきっと、結婚という制度に縛られず、生涯にわたって自由な恋愛を楽しむ事が可能だろう。今は昔と違って、事実婚という形もある。

あるいは、ある程度自由を謳歌したのちに結婚に落ち着くパターンなのかもしれない。

恋人として付き合ってはいるけれど、将来を約束したわけではないし、蓮人なら女性を選びたい放題だ。

密かに悶々と考えていると、蓮人が夏乃子のワンピースの裾をたくし上げてきた。ヒップラインをまさぐられると同時に、ストッキングを穿いた太ももがあらわになる。

下から見上げられて、急にソワソワした気分になった。

それとなく目をそらすと、片手でそっと顎を掴まれて正面を向かされる。

「急にそっぽを向くなんて、どうかしたのか？」

「べ……別に……。ただ、今更だけど、あまりにも私と生活レベルが違うから、戸惑っただけ」

「ふぅん？　だけど、夏乃子は質のいい生活をしているし、そういった意味ではお互いのレベルは違わないだろう？」

グッと腰を引き寄せられ、互いの腰が密着する。

蓮人のものが若干強張っているのを感じて、胸の先がじんわりと熱くなった。

「そ、そんな事ないわよ。私は蓮人みたいにマメに料理なんかしないし、空腹が満たされれば食べるものなんてなんでもいいと思っていたくらいだもの」

「でも、今は違うだろう？　美味しいものを食べると嬉しいし、楽しい。それを共有しようと思って、俺にお土産を買ってきてくれたんだろう？」

「まあ、そうだけど……」

「やっぱりな」

蓮人が満足そうな顔でニッと笑った。そして、いかにもキスをしてほしいというように、視線を合わせながら唇を突き出してくる。

夏乃子は照れながら、一瞬だけ彼の唇にキスをした。しかし、顔を引こうとするのを掌で阻まれ、そのまま長いキスをされる。

そうしている間に、恥骨に当たっている蓮人のものが、どんどん硬さを増していく。それに気づかないわけがないし、夏乃子自身もさらに濃密な触れ合いを求めていた。

「夏乃子を抱きたい。このまま挿れていいか？」

あからさまに誘われ、性的な欲求が抑えきれなくなる。アルコールが入っているせいか、いつもよりせっかちになっているみたいだ。

夏乃子が頷きながら腰を浮かせると、蓮人がストッキングとショーツを脱ぐ手助けをしてくれた。

「あっ……ん、っ……」

首筋に舌を這わされ、思わず声が漏れた。

蓮人がコットンパンツのポケットに忍ばせていた避妊具の小袋を取り出し、夏乃子が封を切る。

唇を貪り合っている間に腰を誘導され、蜜窟の入り口に硬い切っ先を宛がわれた。

「あああっ！　蓮……人……、ああんっ！」

夏乃子が腰を落とすのと、蓮人が下から突き上げるのが同時だった。

いきなり最奥を攻め立てられて、夏乃子は彼の肩に掴まりながら背中を弓のようにしならせる。

蓮人の腰の動きに合わせようとするのに、彼のランダムな動きに翻弄されて、あっという間に達してしまう。

「はっ……ぁ……、れん……と……」

喘ぎながら名前を呼ぶと、すぐに舌が口の中に入ってくる。

双臀を両手で持ち上げられ、上下に激しく揺すぶられた。グチュグチュと音を立て、太さを増した屹立が休む間もなく中を掻き混ぜてくる。

蓮人に手を取られ、掌を自分の下腹に当てられた。

屹立が中を掻く振動が掌に伝わり、奥がキュンキュンと窄まる。

「夏乃子……。すごく気持ちいいよ。……あんまり気持ちよくて、夏乃子の中で溶けてしまいそうだ」

「私だって……あ、あっ……！」

上と下を同時に蹂躙され、天地がわからなくなった。

突き上げられた勢いで膝立ちになると、夏乃子は蓮人の肩に抱きつきながら腰をくねらせて喘ぎ声を上げる。

洋服を着たままで繋がっている事にもどかしさを感じると同時に、下半身だけを曝け出している背徳感に心が熱く痺れた。

これほど夢中になれる人と愛し合えるなんて、きっと一生にあるかないかだ。

たとえ、永遠に続く関係でなくてもいい――

夏乃子は蓮人の腰を太ももできつく締め付けると、気持ちを込めて彼の唇にキスをするのだった。


「ちょっと、聞いたわよ〜。黒田さんとラブラブなんだってね〜」

三月になったばかりの土曜日の午後。夏乃子は仕事で八重の事務所を訪れていた。開口一番にそう言われ、腕を肘でつつかれる。

「な、何、急に、誰に聞いたのよ」

「誰にって黒田さんに決まってるでしょ。先週、元カレがここを訪ねてきたの。追い返してもしつこく電話をしてくるもんだから黒田さんに相談したのよ。その時に聞いたのよ〜。黒田さん、夏乃子にぞっこんみたいね。いったい、どんなテクニックを使ってあれほど有能なイケメン弁護士の心を掴んだの？」

「そ、そんな事より、元カレが訪ねてきたって、大丈夫だったの？」

話をすり替えようとする夏乃子に、八重がニヤニヤしながらコーヒーを淹れてくれた。

「まあね。あいつ、元奥さんに捨てられたからって、本気で私と復縁できると思うなんて、本当に馬鹿よね。会社にも不倫して離婚したのがバレちゃったらしくて、かなり居づらくなっているみたい。ホントざまあみろって感じ。だけどさぁ……」

八重は元カレからの迷惑行為に辟易して、蓮人に接近禁止命令を出せないか相談を持ち掛けたらしい。けれど、それが認められる要件を満たしておらず、できなかったようだ。

「でも、ストーカー規制法に基づいて警告はできるんだって。だから、お願いしたの。そうしたら、ピタリと連絡がこなくなったわ」

「そう、それならよかった」

八重の場合、元カレに事務所や自宅の住所を知られている。そのため、いつ彼が来るかわからない恐怖もあったようだ。

「夏乃子のほうは？　その後、お母さん、何か言ってきた？」

彼女には母の件で蓮人に相談をしている事を話しており、心配もされている。

「今のところは何も。でも、調べてもらったら、どうやら兄が転職に失敗して、今無職みたいなの。母はパートで仕事をしているみたいだけど、それだけじゃ足りなくて、私に送金額を増やせって言ってきたみたい」

そもそも、父が亡くなった時、母は夏乃子に遺産をびた一文渡さなかった。田舎ではあるけれど、父は自宅とは別に土地を所有しており、それをどうしたのかもまったく聞かされていない。

「うーん……。そっちも、いろいろありそうね。黒田さんに任せて正解だわ」

夏乃子は八重の意見に同意し、母とできる限りかかわらないつもりでいると明かした。

住所は知られてしまっているけれど、幸い田舎は新幹線で行く距離だし、仕事も本名ではなくペンネームを使っているから特定するのは難しいだろう。

話したくないなら、着信拒否をすればいい。

今までは、自分でも気づかない母への未練があってできなかった。けれど、これからは自分の生活を優先するために母と対峙する覚悟はできている。

「そっか。黒田さんと出会って本当によかったね。今の夏乃子、私が知っている中で一番いい顔してるよ」

「ふふっ……ありがとう」

「ああ、うらやましい〜。今日もこれからデートなんでしょ？　私も早く新しい恋を探さないと！」

八重に見送られて事務所をあとにすると、駅までの道をそぞろ歩く。

ショーウィンドーに映る自分を見れば、明らかに口元が綻（ほころ）んでいる。

（わっ、一人でニヤニヤしてるとか、気持ち悪い！）

あわてて唇を引き締めて澄ました顔をするが、蓮人の事を思うと、すぐに表情が崩れそうになる。

ここのところお互いに忙しく、電話やメッセージのやり取りだけで、もう十日以上会えていない。

それを寂しく思う自分が、我ながらいじらしい。

雅一と付き合っていた頃は、ただ我慢して耐えていた。それが当たり前になりすぎて、いつしか寂しいと感じる事すらなくなっていたのだ。

今思い返してみると、雅一との恋愛には気持ちのアップダウンが乏（とぼ）しかったように思う。

最初の頃はそうではなかったが、いつの間にか我慢や耐え忍ぶのが普通になっていた。

旅行会社は土日が仕事だったし、両日とも休みの雅一とは、どうしたってスケジュールを合わせ辛い。そんな事もあって、デートは夏乃子の自宅で夜を過ごすというのがパターン化していた。

それに、夏乃子がクリスマスなどのイベント時に仕事を入れるようになったのは、もとはといえば雅一と一緒に過ごせない寂しさを紛らわせるためだった。

それでも彼を愛していたから耐えられたが、たまに八重から「夏乃子は、それでいいの？」と心配された。

（なんとなく、お母さんと私の関係に似てたかも……）

求めても与えられない。それが当たり前になって、自分が我慢すればいいという思考パターンにはまっていく感じがそっくりだ。

しかし、そんなふうに考えてしまった自分を、すぐに反省する。

少なくとも、雅一は自分を愛してくれていた。

あの事故さえなければ、今頃は――

（やめやめ、もう前を向いて生きていくって決めたでしょ）

タラレバ話など意味がないし、今自分は蓮人を愛している。亡くなった恋人を悼む気持ちは変わらずあるけれど、夏乃子の心の中心にいるのはもう蓮人だけなのだ。

自宅の本棚に飾っていた彼の写真は、今も伏せられたままだ。

いつまでもそのまま置いておくわけにはいかないし、一度は引き出しの中にしまおうとした。けれど、その前にあるリングケースを見て、写真を片付けるだけではいけないと思い直したのだ。

雅一との事にきちんとけじめをつけるためには、指輪を彼の両親に返したほうがいいのではないか。

しかし、理由を聞かれたらなんと答えればいいのか……

だが、正直に新しく恋人ができたと明かすのはさすがに気が引ける。

あれこれと考え事をしながら歩いていたせいで、人とぶつかりそうになった。

(もう、これから蓮人に会うのに、何をごちゃごちゃ考えてるのよ)

夏乃子は頭の中をリセットして、信号が青になった交差点を渡り始める。

フリーライターの仕事は順調だし、先週も二日間取材旅行に出かけたばかりだ。蓮人も担当している企業関連の仕事で多忙を極めており、週に一、二度は事務所で寝泊まりをしているらしい。

そんな時でも、彼は夏乃子に会いたがり、隙間時間を見つけてはデートの時間を作ってくれる。

今日は蓮人の事務所のある七階で、おうちデートをする予定だった。

しかし、少し前にメッセージが届き、少しだけやり残した仕事があるから事務所の五階を訪ねるように指示された。

土曜日だから事務方は全員休みだし、ほかに出てきている弁護士もいないらしい。

「スターフロント法律事務所」のビルに辿(たど)り着き、中に入る。

ここにはじめて来たのは、もう二カ月半近く前だ。

あの時は、まさか蓮人と恋人として付き合う事になるなんて、夢にも思わなかった。

夏乃子は差し入れとして買ってきたチキンの入った紙袋をポンポンと叩いて、含み笑いをした。

「……って、また一人で笑ってる」

蓮人と付き合い始めてから、夏乃子は自分でも可笑しくなるほど笑顔が増えた。

以前よりも衣食住に気を遣うようになり、好きな食べ物やお茶を買い置きするようにもなっている。

できるだけ自炊をするようにしているし、洋服も何着か新調した。

今日はそのうちの一着である白いセーターに桜色のシフォンスカートを合わせたものを着ている。

エレベーターで五階に行き、廊下の左側にあるドアをノックした。すぐにドアが開き、シャツとスラックス姿の蓮人が笑顔で出迎えてくれた。

「いらっしゃい」

前回来た時は事務方の人がいたが、聞かされていたとおり今日は蓮人だけだ。

「すぐ終わるから、ちょっとだけ待っててくれるか？」

ドアをロックしたあと、蓮人が部屋を横切って本棚の向こうに消えた。

夏乃子は彼が示した椅子に腰掛け、事務所の中をぐるりと見回してみる。壁までの高さの本棚やデスクは白く、床は温かな木目調のフローリングだ。

立ち上がって事務所の中を歩きながら、蓮人が消えた部屋をちょっとだけ覗いてみる。

そこは受付になっており、カウンターに置かれた花瓶に可愛らしい花が生けてあった。

いずれの部屋も堅苦しい感じはしないし、むしろ柔らかで居心地がいい。

（さすが、蓮人の事務所だけあるな）

壁伝いに戻り、もとの椅子に座り直しながら、デスクの上に置いてあるスタンドミラーを覗き込む。

指先で前髪を整えていると、ふいに入り口のドアが開錠される音が聞こえてきた。

「黒田先生〜、お疲れ様です。近くに用事があったので、ついでに差し入れを持ってきちゃいました〜」

驚いて顔を上げると、入ってきたのは以前ここで会った神崎という女性だ。彼女はにこやかな笑みを浮かべていたが、夏乃子と目が合った途端、眉間に縦皺（たてじわ）を寄せた。

「あなた、志摩夏乃子さんですよね？　ここで何をしているんですか？」

「えっ……と、私はここで黒田先生と待ち合わせをしていたんです」

「待ち合わせ？　それって仕事の件ですか？　私、そんな予定聞いていませんけど」

神崎が背後の壁面に張られているホワイトボードを振り返った。そこには各弁護士の月間スケジュールが書き込まれており、今日の蓮人の欄には「出勤」とだけ書かれている。

「それにしても、なんですか、この匂い……。まさか、チキン？　ヘルシー志向の黒田先生に、そんなものを食べさせるつもりですか？」

神崎が夏乃子の前に置かれている紙袋を見て、手で鼻を押さえた。

「あなた、いったい黒田先生のなんなんです？　言っておきますけど、黒田先生は、特定の恋人は作らない主義なんです。本人がそうおっしゃっていますから」

彼女からあからさまに敵意ある視線を向けられ、どう答えていいか言葉に迷う。

夏乃子が考えている間に、神崎がまた口を開いた。

「それと、黒田先生宛に、あなたの母親だっていう人から、やたらと電話がかかってきて、いい迷惑なんですけど」

「母が？」

最初に蓮人とデートした時、彼は夏乃子に電話をかけてきた母と直接話し、自分の名前と事務所名を明かしていた。

母は、ぜったいに蓮人について調べるだろうと思っていたが、案の定だ。しかし、まさか事務所に直接電話をかけてきているとは思わなかった。

いったい、なんのために電話なんか……

夏乃子が電話の内容を聞こうとしたちょうどその時、蓮人が部屋に戻ってきた。

「やあ、神崎君。休日なのに、どうしたんだい？　何か忘れ物でもしたのかな？」

彼が神崎を見て少々驚いた顔をする。今まで目を吊り上げていた神崎は、蓮人の声を聞くなり表情を一変させた。

そして、夏乃子と蓮人の間に割り込むようにして、彼に近づいていく。

「いいえ、忘れ物はしていません。黒田先生『ヘルベラ』のブリトー、お好きでしたよね。きっと忙しくて買い出しにも行けてないだろうと思って、二人分買ってきたんですよ。ところで、今日ってクライアントさんとのアポが入っていたんですか？　ホワイトボードには何も書いてないですけど」

うしろにいる夏乃子を振り返った神崎が、敵意ある視線を投げかけてくる。

やはり、彼女は蓮人に好意を持っているに違いなかった。

嫌味な態度をとられて気分はよくないが、そうかといって言い返すのもどうかと思う。

「休みなのに、わざわざ差し入れをありがとう。彼女もチキンを買ってきてくれているから、よかったら、神崎君も一緒にどうかな？」

蓮人がそう言うと、神崎が二人の顔を見比べながら微妙な顔をする。

「黒田先生、この際だからはっきりお聞きしますけど、黒田先生と志摩さんは、どんな関係なんですか？　ただのクライアントですか？　それとも――」

「彼女はクライアントじゃなくて、僕の恋人だ。今日も仕事が片付いたらデートする予定なんだ」

「は……？　恋人って……」

蓮人の言葉を聞いた神崎が、信じられないといったような表情を浮かべた。彼女は納得がいかない様子で、夏乃子を睨みつけてくる。

「私、今日のところは帰ります。ブリトーは私と黒田先生の二人で食べようと思って買ってきたものなので、持ち帰らせてもらいます。では！」

神崎が、わざとのようにハイヒールの足音を響かせて部屋の入り口に向かう。そして、心底悔しそうな顔で夏乃子を一瞥すると、勢いよくドアを開けて事務所から出ていった。

夏乃子は半ば唖然として神崎を見送ったあと、蓮人のほうを振り返った。

「悪かったね。彼女、パラリーガルとしては優秀なんだが、少々性格がきつくて思い込みが激しいところがあってね」

「いきなり鍵を開けて入ってきたから、びっくりしたわ。それと、彼女に『黒田先生は、特定の恋人は作らない主義なんです』って教えられちゃった。……もしかして、神崎さんって蓮人の事が好きなの？」

話す口元が、若干尖ってしまう。それに気づいた夏乃子の脳裏に、ふと、雅一の顔が思い浮かんだ。

かつて彼に、同じような事を言った覚えがあった。

そう言われた時、彼は烈火のごとく怒り出した。きっと、夏乃子が雅一とほかの女性との仲を疑ったと思って、腹を立てたのだろう。

嫉妬ゆえのちょっとした軽口のつもりだったのに、あんなに機嫌を損ねるとは思わなかった。

その記憶が蘇り、夏乃子は自分の顔から血の気が引いていくのを感じた。

「……ご、ごめんなさい。変な事、言って……」

蓮人と雅一は、別の人だ。

頭ではそうとわかっていても、辛かった過去が心を大きく揺さぶってくる。

「夏乃子、どうした？　気分でも悪くなったのか？」

夏乃子の異変に気づいた蓮人が、すぐにそばに来て顔を覗き込んできた。こちらを見る優しい目にホッとしたけれど、今は首を横に振るのがやっとだ。

「とりあえず、そこに座ろうか」

蓮人に誘導されて近くにある椅子に腰掛け、蓮人がその前に片膝をついた。

うつむいた視線の先に、とても心配している様子の彼の顔がある。

「もう、大丈夫。……ちょっとだけ、昔の事を思い出しちゃって……」

「もしかして、雅一さんの事か？」

訊ねられて、素直に首を縦に振る。聞かれるままに過去のいきさつを話し、もう一度「ごめんなさい」と言った。

「俺なら、なんとも思っていないから平気だ。むしろ、やきもちを焼かれたみたいで嬉しいくらいだよ」

立ち上がりざまに頬にキスをされた。そのまま蓮人は事務所の戸締まりをして、夏乃子の手を引いてチキンとともに七階に移動する。

「神崎さんには、以前何度か好意をほのめかされた事があるんだ。だけど、はっきり言われたわけじゃないし、どうにも対処し辛くてね。だから牽制の意味で、彼女には恋人は作らない主義だって言ってあるんだ」

肩を抱き寄せられる格好でソファに座らせてもらい、すぐに唇を重ねられる。

まっすぐに見つめてくる蓮人の目を見れば、嘘偽りなどかけらもない事がわかった。

「そうだったのね。ほんと、ごめ……ん、んっ……」

重ねて謝ろうとする唇をキスで塞がれ、強く抱きしめられる。蓮人の腕の中にいるだけで、気持ちが凪いでいくのがわかった。

「雅一さんとの想い出は、夏乃子にとって辛いものが多いのかもしれないな。悲しくなった時は、遠慮しないで俺に話してくれ。前にも言ったけど、共有すればいくらか気持ちが軽くなるだろう？それに、悲しい記憶を俺が上書きしてあげられるし」

額をくっつけながらそう言われ、また唇を重ねられる。

もう、何度蓮人とキスをしたかわからない。

けれど、少なくとも六年間付き合った雅一とより多いのは確かだった。

「そうだ……。神崎さんから、うちの母が事務所に電話をかけてきてるって聞いたんだけど、いったいなんの用でかけてきてるの？」

「ああ、何度か話したけど、特に用事はないみたいだったな。『お元気ですか？』とか『夏乃子がいつもお世話になっております』とか言われて、世間話を少しするくらいかな」

蓮人はそう言うが、くだらない電話の相手をするなんて迷惑でしかない。

「もしかして……毎回そんな感じなの？」

「そうだよ。もっとも、俺も事務所にいない時が多いからね」

おそらく、夏乃子に弁護士の恋人ができたのが、自分にとって何かしら利益になると考えているのだろう。

夏乃子は、つくづくうんざりして深いため息をついた。

「うちの母が、ごめんね」

神崎の口調からして、電話をかけてきたのは一度や二度ではないのだろう。留守にしていて電話を受けなかったにしても、彼のデスクに夏乃子の母親からの電話があったというメモが置かれる事自体、申し訳ない。

「いいさ。うちには毎日いろいろな電話がかかってくるし、そのうちのひとつだ」

「ありがとう。蓮人って、優しいね。モテるのも無理はないし、私が蓮人を好きになったのも当然かも」

「うーん、それはちょっと違うな。だって、俺は夏乃子に好きになってもらおうと、努力をしているからね。そうは見えないかもしれないけど、これでもかなり頑張ってるんだぞ。多少強引なところがあったかもしれないけど、それは戦略であると同時に、気持ちを抑えきれなかった結果だ」

やけに澄ました顔でそう言われ、二人して顔を見合わせてぷっと噴き出す。

確かに、蓮人の振る舞いには強引なところがある。

けれど、決して無理強いではないし、最後にはいつも自分もそうなる事を望んでいたのだと気づかされた。

気持ちが落ち着いたところで、二人してチキンを食べ、ワインで乾杯する。

蓮人曰く、神崎が持参したブリトーは確かに絶品らしい。しかし、別にヘルシー指向でもないしチキンを避けているわけではないようだ。逆に、たまにどうしようもなくジャンクなものを食べたくなる時があるらしい。

「確かに、三十歳を過ぎてから身体にいいものを食べるように心掛けてはいるよ。でも、我慢してまでやる事じゃないし、かえってストレスが溜まって身体に悪いだろう？　たぶん彼女は、前に事務所でそんな話をしていたのを聞いて、俺がヘルシー指向だと誤解したんじゃないか」

彼の言うように、神崎は少し思い込みが激しいタイプみたいだ。

「いずれにしても、私はもう神崎さんとは顔を合わせないほうがいいわね」

「いや、一度正式に俺の恋人として事務所の皆に紹介しておきたいかな。そのほうが周りも知ってくれて夏乃子を事務所に呼びやすいし、俺としては気が楽だ」

蓮人はそう言って、朗らかに笑い声を上げた。

「夏乃子もそのほうが安心だろう？」

「うん、まあ……そうかな」

「そうかな？　やけに、もったいぶった言い方をするんだな。ふふん……でも顔に『嬉しい』って書いてあるぞ？」

「え？　嘘っ」

夏乃子が頬に手をやると、蓮人がいたずらっぽく笑って舌を出した。まるでやんちゃ坊主のような表情を見て、彼への想いが加速する。

「もう！　嘘つき！　弁護士なんだから、嘘ついちゃダメでしょ！」

夏乃子は、彼の腕の中で暴れた。すると、蓮人が夏乃子を羽交い絞めにして、顔中にキスをしてくる。

「弁護士だって、プライベートでは嘘をつく事だってある。もちろん、無益な嘘はつかないし、相手を思ってつく嘘だ」

逃げる唇を執拗に追われて、とうとう捕まって息が続く限りの長いキスをされた。

「ぷわっ……。もうっ……蓮人ったら、すぐキスしてくるんだから――」

「嫌か？　俺は夏乃子と四六時中キスをしたくてたまらないんだ」

「きゃっ……ちょっと、チキンが――ん、んんっ……」

持っていたチキンをかろうじて箱の中に戻すと同時に、ソファの座面に押し倒され、上から目を見つめられる。

「嫌なわけ、ないでしょ。大好き……。蓮人の事、知れば知るほど好きになってる気がするもの」

「俺もだ」

見つめ合ったまま徐々に唇が近づいていき、唇の先が一瞬だけ触れ合った。

キスが始まるのかと思いきや、蓮人は夏乃子の上唇を舌先でちょっとだけ舐めたり吸ったりして遊び始める。

焦らされていつも以上に胸が高鳴ってしまう。それなのに、蓮人は微笑みながら軽いキスしかしてくれない。

不満そうな様子の夏乃子を見て、蓮人が唇を右の耳元に移動させた。

「キスして、って言って。でなきゃ、してあげないよ」

低くセクシーな声で囁かれて、聴覚が一瞬で蕩けた。

容姿に気を取られがちだけれど、蓮人は声もいい。

それに、今のようにイチャついている時の蓮人の声は、夏乃子を意のままにする力がある。

「キス、して」

「いいよ」

すぐに唇を重ねられ、口の中を舌でたっぷりと愛撫される。微かにチキンの味がするキスは、二人の劣情を煽る格好のスパイスになったみたいだ。

二人して競うように着ているものを脱ぎ、裸になった身体を横抱きにされてベッドに移動した。

肉を食らう猛獣を真似た蓮人が、両方の乳房を甘噛みする。

肌に歯を立てられる感覚が、震えるほど心地いい。

もっと噛んでほしくなり、夏乃子は背中を反らせながら甘い声を上げた。

「もっと、して。……私、蓮人に食べられたいの」

夏乃子の懇願を耳にした蓮人が、大きく深呼吸をする。唇を舐める彼の仕草が、たまらなくいやらしい。

彼の目に陰獣のような光が宿るのを見て、夏乃子は淫靡な思いで胸をいっぱいにする。

「夏乃子はもう俺のものだ。余さず食らいついて、身体中に俺を刻み込んでやる」

乳房から全身に、優しい噛み痕が広がっていく。

太ももも双臀も、指先も爪先も、ぜんぶ蓮人のもの。

蓮人の唇が辿るところが、熱く火照っている。

ものすごく気持ちよくて、とても幸せ――

夏乃子が閉じていた目を開くと、蓮人が脚の間を舌で愛撫しているところだった。

蜜窟から花芽の先端までを、ねっとりと舐め上げられ、快楽のあまり目が潤んだ。

とてつもなく淫らな風景を目の前にして、もう劣情を抑えきれなくなる。

「蓮人っ……あっ……あ、んっ……」

それは蓮人も同じだったようで、取り出した避妊具の小袋を歯で食いちぎると、すぐに夏乃子の上に覆いかぶさってくる。

夏乃子は挿入がしやすいよう、仰向けの姿勢で爪先立ち、腰を浮かせた。

蓮人は息を荒くしながら、夏乃子の腰をめがけて硬く猛る屹立を打ち付けてきた。一気に奥深くまで入ってきた彼のものが、グイグイと子宮を押し上げているのがわかる。

夏乃子は蓮人の背中にしがみつき、彼の腰の動きに追い縋った。指の腹で花芽を熱く押し潰され、快楽のあまり思考が途切れ途切れになる。

「蓮人っ……れ……んと……」

愛し合っている事を確認するように彼の名前を呼び、意識しないまま中にいる彼をきつく締め付けた。

突かれるたびに新たに愛液が溢れ、一層滑りがよくなった中を屹立が行ったり来たりする。

暴かれた淫欲の源を的確に突かれて、夏乃子は我もなく嬌声を上げた。

激しく腰を打ち付ける音と淫らな水音が、部屋の中をいっぱいに満たしている。最奥に切っ先を感じるたびに、そこがキュンと反応するのがわかった。

本当は、何もつけないで蓮人と愛し合いたい——

今まで、そんなふうに願った事は一度もなかった。

けれど夏乃子は蓮人に抱かれながら、もっと深い交わりを欲している。その気持ちが、無意識に言葉になって唇から零れ落ちた。

「終わりたくない……。蓮人と、ずっとこうしていたい……」

小さなその呟きに、蓮人がすぐさま反応する。

彼は夏乃子と繋がったまま身体を反転させて、ベッドの上に仰向けに寝転がった。

蓮人の上に跨（また）った姿勢でうつ伏せになった夏乃子は、唇を寄せてきた彼にキスをする。

「俺も夏乃子と、このままずっと繋がっていたい。離れたくないよ……。夏乃子、心から愛してる」

蜜窟の中で屹立（きつりつ）がドクンと脈打つと同時に、内奥（ないおう）がギュッと窄（すぼ）まった。

「あっ……あ――」

畳みかけてくるような絶頂を感じて、夏乃子は蓮人の上で激しく身を震わせた。

感じる愉悦（ゆえつ）は、まるで寄せては返す波のようだ。

「愛してる」の言葉が、これほど心と身体に沁（し）みるなんて――

蓮人を、失いたくない。

夏乃子は心の中でそう呟くと、彼の広い胸に頬を摺（す）り寄せるのだった。

三月も下旬になり、自宅近くにある公園の桜も少しずつ蕾（つぼみ）を綻（ほころ）ばせ始めている。

蓮人との仲はますます深まりつつあり、つい先日もホワイトデーを一緒に過ごしたばかりだ。彼はバレンタインデーに贈ったチョコレートのお返しに、イタリア製のセクシーなランジェリーをプレゼントしてくれた。

それはシックな紅色をしており、全体がレース仕立てになっている。

いったいどこで買ったのかと訊ねたら、親しい男友達がインポートのランジェリーショップを経営しており、そこで自ら選んでくれたらしい。

一度試着してみたランジェリーは、ところどころに刺繍が施されており、ただ単にセクシーなだけでなく上品さも兼ね備えていた。しかし、レース仕立てで、乳嘴や秘裂が透けて見えてしまうので、身に着けるのにはなかなか勇気がいる。

(蓮人って、たまにすごくエッチになるよね……。まあ、私もそうなんだけど……)

都内での取材を終えた夏乃子は、帰宅途中に駅前のスーパーマーケットに寄って食材を買い込んできた。

(いつも蓮人に作ってもらってばかりだから、たまには私の手料理を食べてもらいたいな)

夏乃子は人に振る舞えるほど料理が上手くないし、作る時はレシピを確認しながら慎重に作る。

そのおかげか、大きな失敗をする事はないが、かといって得意料理があるわけでもなかった。

(作るなら何がいいかな……。定番のカレーライス？ それとも、もっと家庭的なもののほうがいいかな？)

季節的に、何か春らしいものがいいかもしれない。いろいろと考えながら自宅アパートに帰り着き、食材をしまい終えて和室に入った。そこにあったこたつは、すでに役割を終えて、今はただのテーブルとしてラグの上に鎮座している。

その上に腰を下ろそうとした時、インターフォンが来客を知らせた。仕事関連で宅配便が届く事になっていたから、それかもしれない。

ボタンを押して応答すると、驚いた事に画面に映っているのは神崎だった。

いったい、なんの用だろうか？

今日は金曜日だし、まだ午後になったばかりだ。彼女はスーツ姿だし、まだ勤務時間内のはずだが……

もしかして、仕事の途中でここに？

それ以前に、どうして住所がわかったのだろう？

戸惑っているうちに、神崎がドアをノックする音が聞こえてきた。

応答してしまったのだから、出ないわけにはいかない。夏乃子が玄関のドアを開けると、神崎が断りもなしに中に足を踏み入れてきた。

「大事なお話があるんです。ちょっとだけ、いいですか？」

やけに真剣な表情でそう言われて、夏乃子は気が進まないながらも神崎を中に招き入れ、和室に通した。

「お茶とかいらないので、お気遣いなく」

彼女の口調は冷ややかで、何を言いに来たのかだいたいは想像がついた。

きっと、蓮人に関する事に違いない、そう思いながらテーブルを挟んで神崎と対峙して座る。

蓮人に好意を寄せている彼女からすれば、突然現れた自分は邪魔な存在でしかないのだろう。だからといって、いきなり自宅を訪ねてくるのは、さすがに非常識だ。

苦言のひとつでも言ってやりたいが、彼女は曲がりなりにも蓮人が優秀と認める「スターフロント法律事務所」に所属するパラリーガルだ。

彼の恋人として、今後接点がまったくないとは限らない。

そう思った夏乃子は、とりあえず我慢して相手の話を聞こうと判断する。

「さっそくですけど、志摩さん。あなた、恋人として、黒田先生と付き合ってるって思ってます？」

蓮人との事で、何かしら言われるのは予想していたけれど、よもやここまで直球でこられるとは思わなかった。

「思ってます。彼が、はっきりとそう言うのを、神崎さんも聞きましたよね？」

夏乃子の返事を聞いた途端、神崎の頬がピクリと痙攣した。彼女は夏乃子を正面から見据えながら、おもむろに髪の毛を掻き上げて、フンと鼻を鳴らした。

「それ、嘘ですから」

聞き捨てならない事を言われて、さすがにむかっ腹が立った。

「蓮人は、無益な嘘はつきません」

努めて冷静な態度でそう言うが、神崎は口をへの字に曲げただけだ。

「逆に聞きますけど、どうしてその言葉を本当だと思うんですか？　黒田先生が特定の恋人を作らない主義だっていうのは本当ですよ。黒田先生は、とってもモテるんです。相手をしてるのは一人だけじゃない。あなたも私も、そのうちの一人にすぎないんですよ」

神崎が持っていたトートバッグの中を探り、何かを握った手を夏乃子の目の前でパッと開いて見せた。

「これ、見覚えありますよね？」

神崎の手に握られていたのは、レースが多用された紅色のショーツだった。

彼女はそれを、両手で摘むようにして広げて見せる。

間違いない。神崎が持っているショーツは、ホワイトデーに夏乃子が蓮人からプレゼントされたものと同じものだ。

「これ、ホワイトデーに黒田先生からプレゼントされたんです。先生ったらひどいんですよ。だって、注文をしたのはご自身だったけど、店に取りに行ったのは私だもの。ついでに言うと、頼んだのはぜんぶで六セットでした。そのうちの一着が志摩さんのところに行った。つまり、そういう事です」

神崎はショーツのクロッチ部分を左手首に引っかけると、それをひらひらさせながら含み笑いをする。

蓮人がモテるのは、夏乃子も認めている。けれど、彼がそんな事をするはずがない。

どうして彼女が同じショーツを持っているのかはわからないが、少なくとも夏乃子は神崎の言葉よりも蓮人を信じている。

挑むような視線を向けられ、夏乃子は内心の驚きを隠しながら、表情を引き締めた。

「神崎さん、あなたが何を思ってこんな事をしているのかわかりませんが、何を言われようと、私は蓮人を信じます」

夏乃子は神崎の視線を真っ向から受け止めて、きっぱりとそう言い切った。

苛立ちを増した様子の神崎が、再びトートバッグの中に手を入れる。

今度は何を見せられるのかと思っていると、大きな茶封筒をテーブルの上にポンと投げ置いて、うっすらとした笑みを向けられた。

「それを見ても、信じるって言えるかしら？　どうぞ、じっくりご覧になってくださいな」

乙に澄ました言い方をして、神崎がおもむろに腕組みをする。

彼女は夏乃子が中を検めるまで、ここに居座るつもりだろう。

夏乃子は無言で封筒を手に取り、中に入っている書類をテーブルの上に広げた。

「……これ……何？」

いくつかにまとめられた書類の一番上には「築島商事における架空請求に関する報告書」と記されている。

「築島商事」は、雅一が勤務していた会社だ。

夏乃子は書類を手に取って、中に目を通す。

そこには、雅一に対する信じがたい疑惑が記されていた。

「架空請求」「被害額は約六億円」「関与が疑われるのは男性社員五名」「主犯格は営業促進部課長の戸川雅一」

読み進めるにつれて書類を持つ手が震え、次第に文字を追っても内容が頭に入らなくなった。

まさか、そんなはずは……

雅一は人一倍仕事熱心で、自分が「築島商事」の社員である事を誇(ほこ)りに思っていた。そんな彼が、会社を裏切るような真似をするなんてありえない。

きっと、何かの間違いに決まっている。

そうは思うが、書類に書かれている文面が夏乃子を徹底的に叩きのめしていた。

それに気づいたのか、神崎がテーブルの上に残っていた書類の束を拾い上げて、せせら笑う。

「ここに載っている戸川雅一さんって、志摩さんの元カレですよね？　亡くなった事については、心からお悔やみ申し上げますけど、疑惑についての真実は明らかにしなければなりません。黒田先生は『築島商事』の顧問弁護士で、去年からこの件について調査をしていました」

何か言おうとするけれど、喉がカラカラになっていて声が出ない。

勝ち誇(ほこ)ったような顔が、彼女が言わんとしている事実を如実(にょじつ)に物語っている。

「つ・ま・り――黒田先生が志摩さんに近づいたのは、疑惑の対象者が付き合っていた女性を探り、事件について何か知らないか調べるため。あわよくば不正請求の証拠を見つけたり、協力者かどうかを明らかにしたりするためだったってわけ」

神崎は今にも笑い出しそうな顔で、書類をパラパラとめくった。

蓮人がそんな事をするはずがない！

夏乃子は激しく頭(かぶり)を振り、唇を強く噛みしめた。

神崎は持っていた書類をテーブルの上に置き、その上に紅色のショーツを載せた。

「嘘よ……」

夏乃子がようやく一言発すると、神崎がわざとらしく深いため息をつく。

「志摩さんがそう信じたいのも無理はないです。辛いですよねぇ……。黒田先生ったら、時々今回みたいな調査の仕方をするんですよ。ターゲットに近づいて、恋人気分を味わわせて、用済みになったらポイって。志摩さん、もしかして黒田先生とセックスとかしちゃいました？」

そんなプライベートな質問をされて、夏乃子は表情を歪めた。それをイエスと解釈したのか、神崎が両目を吊り上げて敵意を剥き出しにする。

「これはさすがに黙っておいてあげようと思ったけど、この際ぜんぶ言っちゃいますね。あなたの亡くなった元カレの戸川雅一さんですけど――」

神崎がトートバッグから新たな書類を取り出して、夏乃子の目の前に置いた。見ると、そこには数人の女性の名前が書かれており、中には顔写真がついているものもある。

「これ、ぜんぶ戸川雅一さんと親密な交際をしていた人達です。もちろん、全員が戸川さんの友人とか同僚からの確かな情報でリストアップされたものですよ。ほら、この人なんか、結婚しようって言われてたみたいで――」

神崎が指さした写真の女性は、雅一と同じ営業促進部に所属する彼の部下だ。

夏乃子は、一度だけ彼女に会った事がある。

ある時、仕事を終えて街を歩いていると、偶然雅一の姿を見かけた。

時刻は午後七時近くだっただろうか。平日だった事もあり、雅一は当然スーツ姿でブリーフケースを右手に持っていた。その隣に寄り添うようにして歩いていたのが、神崎が指さした写真に写っている女性だ。

一緒に歩いているだけならまだしも、二人はやけに親密そうに見えた。

夏乃子は悪いと思いつつ二人のあとをついていき、最終的に女性の自宅と思しきマンションの一室に揃って入っていく姿を見てしまった。

『彼女の部屋で、飲み会があったんだ。もちろん、あとから同僚達も来たし、二人だけだったのはほんの一時間ほどだ』

『俺を疑うのか？　同僚の女性と二人きりになっただけで、やましい事は何もない』

後日問い詰めたところ、雅一はそう言って夏乃子が抱いた疑惑を一笑に付した。

普段の夏乃子なら、それで納得していたかもしれない。けれど、その日は夏乃子の誕生日であり、彼はその日出張で地方にいるはずだったのだ。

それを指摘すると、雅一はいつになく不機嫌になった。そして、この時の喧嘩こそが夏乃子が雅一からの連絡をすべてスルーした原因になったものだった。

「なんだか、心当たりがありそうね？　でも、この人は戸川雅一さんの本命じゃないわよ。本命はこっち。『築島商事』の取引先の取締役の一人娘。彼、この人と婚約してたみたいね。どう？　知らなかったでしょ」

まさに、青天の霹靂――

夏乃子の頭の中にキーンという音が鳴り響き、何も聞こえなくなる。まるで、いっさいの思考が停止したようだ。

「そんなはず……ないっ……」

そう呟くと同時に、目の前で再びベラベラとまくし立てる神崎の声が耳に届いた。

「――ぜんぶ、はじめから嘘だったんですよ。さすがに気の毒すぎて、同情しちゃうわ」

神崎が、さも愉快そうににっこりする。

「じゃ、私はこれで失礼しますね。それと、この書類はあなたがあまりにも可哀想だから内緒で見せてあげたの。バレたら私が怒られるから今日話した事や見た事は、ぜんぶ秘密にしておいて。特に黒田先生には、ぜったいに言わない事。あと、これだけはくれぐれも言っておきますけど、黒田先生の事はもう忘れてください」

彼女は書類を封筒に入れて、ショーツと一緒にトートバッグの中に入れた。

「さもないと、書類を外部に漏らした事をあちこちに言いふらすから。そうなれば『スターフロント法律事務所』の信用はガタ落ちになるし、黒田先生も責任を問われるでしょうね」

神崎はそう言い残すと、意地の悪い笑みを浮かべながら立ち上がった。そして、茫然としている夏乃子を一瞥したのち玄関のドアを開けて去っていった。

まさかの事実が、夏乃子の全身に重くのしかかっているみたいだ。

もちろん、神崎の言った事がすべて嘘である可能性もある。

夏乃子は一縷の望みをかけて、ふらふらと立ち上がってベッドルームに向かった。本棚に近づき、伏せたままの写真の横にあるリングケースを手に取る。

震える手で蓋を開け、指輪を摘んで顔を近づけた。

今まで、これほどじっくり指輪を見た事はなかったし、だからこそ内側に刻印があるのにも気がつかなかった。

そして、そこに刻まれていたのは、さっきの書類に載っていた雅一の婚約者だという女性の名前だった。

指輪を持つ手が震え、指先に力が入らなくなる。愕然として空を見つめている間に、指輪はころころと床を転がってどこかにいってしまった。

夏乃子はそれを探す気力もなく、ただ呆けたようにその場に立ち尽くすのだった。


神崎が自宅を訪ねてきた次の日の午後、夏乃子は駅向こうにあるレンタルスペースにいた。

そこは以前何度か使った事があるところで、ネット環境や防音設備も整っている。

今いる席は、個室ではないが仕切りでプライバシーは保たれているし、一日中いても二千円かからない。

朝からここに居座っているが、開きっぱなしのノートパソコンの画面を見ている目には何も映っていなかった。

昨夜は頭の中が混乱して、何も考えられないまま、ただ時間が過ぎるのに任せていた。

ベッドに横になった記憶はあるけれど、眠った覚えはない。いつの間にか外が暗くなり、気がついたら朝が来ていた感じだ。

幸い、やらなければならない仕事は前倒しで済ませていたおかげで、今日明日は何もしないでいられる。

来週には、また取材で地方に行く予定が入っており、こんなふうにぼんやりしてはいられないだろう。

それまでに、なんとしても気持ちを整理して仕事ができる状態に戻らなければならず、夏乃子は取るものもとりあえず自宅から逃げ出した。

そうせずにいられないほど、神崎に聞かされた話は夏乃子の心に大きなダメージを与えていたのだ。

（少なくとも、今日一日は部屋には戻れない……）

前に聞いていた蓮人のスケジュールによると、彼は今朝から明日の夜にかけて仕事で都心にはいないはずだ。だから、突然彼が家にやってくる事はないのだが、自宅にいるとどうしても神崎とのやり取りを思い出してしまう。

今はとにかく気持ちに余裕がない。

指輪の刻印だけでも、夏乃子の心を踏みつけるのには十分だった。

しかし、雅一の裏切りの何倍もの衝撃で心を打ち砕いたのは、蓮人がすべてを知りながら夏乃子の恋人としてそばにいた事だ。

最初は、ぜんぶ神崎が作り上げた大嘘だと思い込もうとした。

けれど、すべて真実だと認めざるを得なかったのは、ベッドルームの本棚の上に置いていた指輪の刻印を見たからだ。

この部屋でともに過ごした夜、蓮人は丁寧に指輪を見ていた。そして、その内側に夏乃子ではない名前が彫られているのにも気づいたはずだ。

その事を夏乃子に言わずに黙っていたのは、彼に何かしら思惑があったからだろう。

それがなんであろうと、蓮人が指輪の事実を隠したのは事実だ。

その事が、夏乃子を完膚なきまでに打ちのめしていた。

彼が夏乃子に近づいたのは、事件の調査のため。

蓮人がくれた甘い言葉も抱きしめてくれた温かな腕も、すべて嘘。神崎が言っていたとおり、ぜんぶ仕事の一環だったのかもしれない。

蓮人にしてみれば、男慣れしていないフリーの女をその気にさせる事など、赤子の手をひねるようなものだろう。

『夏乃子、一人で抱え込まずに俺を頼れ。俺が、夏乃子を過去から引き剥がして、前を向いて自分の人生を歩めるよう手助けする。ずっとそばにいるし、ぜったいに夏乃子から離れない――』

夏乃子の心を救ってくれた蓮人の囁きが、今も耳の奥に残っている。

あの言葉も、夏乃子の心を掴み、事件解決に繋がるヒントを得るための実のない言葉だったのだろうか。

(もう、何がなんだかわからなくなってきた……)

雅一が亡くなって以来ずっと自分を責め続けてきたが、結局のところ雅一があの日指輪を取りに行ったのは夏乃子のためではなかった。

連絡を無視していた間、彼が夏乃子に何を言おうとしていたにしろ、それは嘘と誤魔化しの言葉だらけに違いない。

今思えば、雅一が夏乃子と記念日やイベントをともに過ごさなかった事も、約束をドタキャンされる事も、ほかに複数の女性がいたからと思えば納得する。

おそらく、その中で一番優先順位が低かったのが自分だったのだろう。

いったい、いつからそうだったのか――

いずれにせよ、夏乃子は雅一の裏切りにまったく気づかないまま、亡くなったあともずっと自責の念に囚(とら)われ続けていたわけだ。

そして、新たな人生を歩み始めるきっかけをくれた蓮人とも、最初から仕組まれた嘘の付き合いだった。

そう思うと、やるせなくてひどく胸が痛い。

何より、蓮人との未来などはじめからなかったという事実が、悲しくてたまらなかった。

眠れたら何も考えずに済むのに、どんなに目を閉じていても一向に眠気はこないまま結局暗闇を見据えるだけ。

どうあがいても、今の苦しさから逃れる事はできないと悟った。

いったい、どうやって立ち直ればいいのかわからないし、今は息をするのがやっとだ。

夏乃子がレンタルスペースをあとにしたのは、翌日の昼過ぎ。その後、区の図書館で数時間過ごして、ようやく自宅アパートに帰り着いた。

本当は帰りたくなかったが、頼れそうな八重は週末を利用して実家に帰省中で不在だし、もはや歩き回る気力もなく帰宅するしかなかった。

スマートフォンの電源を落としてしまいたいが、仕事の連絡があるかもしれないため、それもできない。

メッセージや着電があるたびに画面をチェックしていたが、その大半が蓮人からのものだった。当然、応答などできるはずもなく、ぜんぶスルーしてしまっている。

来週の取材までにメンタルを整えるどころか、気持ちが沈む一方だ。それでも、仕事はきちんとやり遂げねばならない。

（大丈夫……。仕事だけは、ぜったいにやり遂げなきゃダメだから！）

そのためにも、今夜は早めにベッドに入り、朝までぐっすりと眠りたい。

けれど、やっぱり眠気が来る気配は皆無だ。かといってアルコールに頼れば、十中八九明日は重度の二日酔いに見舞われるだろう。

「どうしたらいいのよ……」

つい弱音を吐いてしまい、さらに気分が落ち込んだ。

気分を紛らわそうとして出張の準備に取り掛かり、足りないものを買いに行こうと玄関に向かう。

廊下に出て鍵を閉めたところで、誰かが階段を上ってくる足音が聞こえてきた。

蓮人が東京にいないとわかっていても、なんとなく彼であるような気がして、とっさにドアの中に戻ろうとした。けれど、あわてたせいで鍵を落としてしまい、拾おうしているうちに視線の端に廊下をこちらに向かって歩いてくる人影が見えた。

覚悟を決めてそちらを見ると、二軒先に住む五十代の吉田という女性だった。

彼女とはご近所として面識があり、会えば挨拶をする程度の間柄だ。

「こんにちは」

夏乃子が挨拶をすると、吉田が手を上げながら足早にこちらに近づいてきた。

「こんにちは。昨日、志摩さんのところに黒田さんって男性が訪ねてきたんだけど――」

吉田が言うには、蓮人は午後の早い時間にここを訪れたらしい。ドアをノックしていたところ、外出する彼女と顔を合わせたようだ。

「なんだか、すごく心配そうな顔だったわよ。夜にまた来てみますって言ってたけど、会えた？」

「いえ……昨夜は外出していたので」

「なら、早く連絡してあげたほうがいいわよ。それにしても、イケメンだったわ～。もしかして、彼氏さん？」

「いいえ。ちょっと仕事でかかわりのあった人です」

「あら、そうなの？　てっきり彼氏さんだと思い込んじゃってたわ。ごめんなさいね」

吉田と別れ、アパートから数分のコンビニエンスストアに入る。

(ちょっと仕事でかかわりのあった人、か……。自分が言った言葉に傷ついてどうするのよ)

目当ての品をかごに入れ、支払いを済ませた。トボトボ歩きながら、近づいてきた自宅アパートを見上げる。

気に入って住み続けていたけれど、これを機に引っ越すのもいいかもしれない。

また蓮人が来ないとも限らないし、この場所ではいろいろな事がありすぎた。

取材旅行から帰ったら、すぐにでも不動産屋を訪ねよう。そんな気持ちを固めながらアパートの階段を上り部屋へ向かう。

「夏乃子！」

声に驚いて、下を向いていた顔を上げると、自室のドアの前に蓮人がいた。

「蓮人……」

あっという間に駆け寄ってきた彼が、屈み込むようにして夏乃子の顔を覗き込む。その顔には、ホッとしたような笑みが浮かんでいた。

「よかった。何かあったのかと思って心配したよ。とにかく、無事で安心した」

目の前にいるのは、いつもどおりの明るくて優しい蓮人だ。

どう答えていいかわからず口ごもっていると、ドアの開く音が聞こえて、ひょっこりと吉田が廊下に顔を出した。

「あら、無事会えたのね。よかったわ～」

彼女は興味津々といった様子で、夏乃子に向かってニコニコと笑いかけている。

夏乃子はそれに応えて笑みを浮かべ、蓮人の背中を押しながら自室に向かうべく廊下を歩き出した。吉田の前を通り過ぎる時に、蓮人が彼女に向かって機嫌よく挨拶をする。吉田は嬉しそうに相好を崩し、会釈する夏乃子そっちのけで蓮人に見入っていた。

急いで部屋の鍵を開け、先に蓮人を中に入れてからそれに続く。

ホッとしたのも束の間、蓮人が玄関の壁に夏乃子を押し付けるようにして唇を奪った。

「んっ……ん——」

アパートの玄関は狭く、廊下は二人が横並びになると肩がぶつかってしまうほどだ。

靴を履いたままの状態で強く抱き寄せられて、蓮人と身体が密着する。

いつもなら、すぐに彼の意のままになっていた事だろう。

けれど、何度となく交わしたキスや熱い交わりも、夏乃子を懐柔するための手段だったのだと思うと、どうしようもなく自分が哀れに思えてきた。同時に、いまだ消えない蓮人への愛情と騙されていた怒りがないまぜになって、胸に込み上げてくる。

こんなにも愛しているのに、どうして——

今すぐに蓮人を突き飛ばし、思い切り平手打ちを食らわせてやりたい。

けれど、そうする前に蓮人の指が両手に絡んできて、動きを封じられてしまう。

「夏乃子……」

「あ、んっ……。やっ……あっ……」

かろうじて横を向いて、彼の唇から逃れた。すると、蓮人は横を向いた夏乃子の顎の下にキスをする。

そこは、蓮人とじゃれ合っているうちに見つけられた、夏乃子の弱いところのひとつだった。そこを攻められているうちに、徐々に呼吸が荒くなり始める。

ダメだとわかっているのに、どうしようもなく彼の愛撫に反応してしまう。

「夏乃子……唇を噛んだのか？　少し腫れているみたいだ」

蓮人が壁のスイッチを押して、玄関を明るくする。言われてみれば、少し痛む。そこで、一昨日神崎がここへ来た時に、唇を強く噛みしめた事を思い出した。

彼に言われるまでまったく気にならなかった。思い返すと、あの時以来一度も鏡の前に立っていない。それに水分はとっていたが、ほとんど食べ物を口にしていなかった。

蓮人の舌先が、夏乃子の唇の傷口をそっと舐め上げる。

「夏乃子、何かあったのか？　もしそうなら、わけを話してくれ」

キスを打診するように、蓮人が夏乃子の唇のすぐそばで問いかけてくる。

そんなふうにされると、心が揺れ動いてしまう。

彼との関係を、終わらせなければならないのはわかっている。

この腕を断固として拒むべきなのに、彼の体温を感じてしまった今、もうこれ以上自分を偽る事はできなかった。

せめて最後に一度だけ、嘘でもいいから蓮人と思い切り愛し合いたい――

夏乃子は彼の首に腕を回し、爪先立ちになってキスを返した。

「蓮人っ……。わけは聞かないで、目一杯気持ちよくして……」

夏乃子がそう言うなり、優しさに溢れていた蓮人の目が、色欲にまみれた雄のそれに変わる。

唇を合わせながらスカートの裾をたくし上げられ、せわしなくショーツを剥ぎ取られた。

彼はあわただしく着ているものを脱ぎながら夏乃子の肌に舌を這わせ、ところどころに強く吸い付いてくる。

ブラウスの前ボタンをすべて外され、下着ごと脱がされて両方の乳房があらわになった。彼の愛撫を期待して、ピンク色に染まった乳暈が、ふっくらと盛り上がっている。

蓮人が大きく口を開けて、左乳房に吸い付いてきた。

舌で乳嘴を捏ねるように舐められ、夏乃子は声にならない嬌声を上げる。

夏乃子の右膝を腕に抱えると、蓮人が屹立を秘裂に押し当ててきた。そこはもう、ぐっしょりと濡れそぼっており、挿入を待ちわびて熱く戦慄いている。

「夏乃子、部屋に上がろう」

そのまま挿れてくれるのかと思いきや、彼は夏乃子を連れて部屋に上がろうとする。

きっと、ベッドルームの引き出しに入れてある避妊具を使おうとしているに違いない。

けれど、夏乃子はもう一秒でも早く、蓮人と繋がりたくてたまらなかった。

「嫌っ……今すぐに、ここで抱いて」

夏乃子は靴を脱ぎ、正面の壁に右足をひっかけるようにして、秘裂を上向かせた。

刹那、見つめ合ったあと、硬い熱塊が夏乃子の中に深々と沈んできた。

蓮人が腰を低くして、夏乃子の両方の太ももを抱き上げる。

背中が壁を離れ、彼に正面から抱きかかえられた格好になった。

挿入された状態で、何度となく身体を縦に揺すぶられ、身体中に淫欲の種が芽吹く。

いっそこのまま、蓮人と溶け合ってしまいたい。

夏乃子は蓮人の腰に両脚を巻き付け、彼の唇に繰り返しキスをした。

蓮人を心から愛している。

この関係が嘘だったとわかった今も、心と身体に刻まれた彼の記憶は、きっと一生消える事はないだろう。

愛おしさが募り、夏乃子は気持ちを込めて自分の中にいる彼のものをきつく締め付けた。

自然と目が潤み、内奥が屹立を愛撫するようにヒクヒクと痙攣する。

「夏乃子っ……」

蓮人が眉間に深い皺を刻み、何かに耐えるような表情を浮かべた。

自分とのセックスが彼にそんな顔をさせていると思うと、嬉しくて自然と笑みが浮かんでくる。

夏乃子は顔を寄せ、薄く開いている彼の唇の内側を舌で舐め回した。

蓮人が靴を脱ぎ、夏乃子を抱えたまま和室に移動する。彼が歩くたびに彼のものが蜜窟の中を掻き、えも言われぬ愉悦を生じさせた。

これが最後になるのなら、一生忘れられないセックスをしたい。

夏乃子は一層淫らな気持ちになって、蓮人の耳朶を口に含んだ。

和室のラグの上に二人して倒れ込み、仰向けの姿勢になった。上から蓮人に見据えられながら奥を突かれ、両方の掌で左右の乳房を愛撫される。

夏乃子は両手を彼に伸ばして、キスをせがんだ。

蓮人の首に腕を回し、見つめ合ったまま唇を合わせる。

まだ、ぜんぜん愛し足りない。

夏乃子は蓮人に抱きついたまま、転がるようにして身体を反転させた。屹立を含んだままの蜜窟がキュンと窄まる。

夏乃子は喘ぎながら上体を起こし、彼の腰の上に馬乗りになった。

「あっあ……んっ」

蓮人のものが一層硬く強張り、内壁を突き破らんばかりに突き上げてくる。

耐え切れなくなった夏乃子は、彼の逞しい胸板に両手をついた。そこから下に向けて手を滑らせ、割れた腹筋で指先を遊ばせる。

すると蓮人の手が、夏乃子の双臀を鷲掴みにしてきた。尻肉に彼の指が食い込み、そこがジィンと熱くなる。

夏乃子は、うっとりと目を細めると、蓮人の手に左掌を重ねて、ゆっくりと腰を振り始めた。右手は下腹に押し当て、切っ先の位置を確かめる。ぽっこりと膨らんだそこを撫で回すと、蓮人が低いうめき声を上げた。

蓮人が自分とのセックスを愉しんでくれている。

そう思うだけで、身も心も淫靡な多幸感でいっぱいになった。

夏乃子は、蓮人に見つめられながら掌で自らの乳房を揉みしだいた。そして、腰を上げて徐々に抽送を速くする。

我ながら、すごくいやらしい。

けれど、これが最後だと思う気持ちが夏乃子を大胆にさせていた。

「蓮人……。私の事、一生忘れないって誓って――」

夏乃子は蓮人の手を握り互いの指を絡ませると、彼の上で思うままに腰をくねらせた。

返事を求めたところで、彼の言葉は本当じゃない。そうわかっていても、願わずにはいられなかった。

「こんなに愛してるのに、忘れるわけないだろう?」

中を掻き回す屹立が、ビクンと跳ねるのがわかった。

内奥で一番感じるところを圧迫され、仰け反った拍子にうしろに倒れそうになる。すんでのところで起き上がった蓮人に背中を支えられ、そのまま強く抱き寄せられた。

「夏乃子――」

何か言いたそうにしている彼の唇をキスで塞ぐと、夏乃子は彼の頬を両方の掌で包み込んだ。

「蓮人。……もう一度、愛してるって言って」

きっと、これが蓮人への最後のお願いになる。

夏乃子は彼の唇にもう一度キスをして、込み上げそうになる涙を必死に抑え込んだ。

「愛してる、夏乃子。俺は、夏乃子を一生愛し続けると誓うよ」

蓮人と正面から見つめ合い、キスを繰り返しながら、腰を揺すぶられる。

この先どんなに長く生きても、これ以上、優しい嘘をつかれる事はないだろう。

そして、自分はこの嘘を引きずったまま、これからの人生を歩むに違いない。

利用され、裏切られたとわかっても、まだ心から彼を愛している。

たとえ、この想いを一生抱え続け、生涯忘れる事ができなくてもいい——

夏乃子は再び激しくなる抽送に身を任せると、彼とともに一気に愉悦の頂点まで達して、果てた。


最後に蓮人と抱き合い、気持ちにけじめをつけた夏乃子は、かねてからの予定どおり関西方面に取材旅行に出かけた。

行き先は全国に複数ある「竹取物語」由縁の地のひとつとされている場所で、近くには古墳や物語とゆかりのある神社がある。

今回はそこをおよそ一週間かけて可能な限り巡り、最終的に記事にまとめ上げる予定だ。

新幹線に乗り込み、飲み物だけ買って窓際の指定席に腰を下ろす。

「竹取物語」は「かぐや姫」という名前で子供から大人まで広く知られている物語だ。書かれたのは平安時代とされているが、作者は不明で日本最古の物語と言われている。

ある時、竹取の翁は竹藪の中で光り輝く竹を見つけ、そこから生まれ出た女の子を「かぐや姫」と名付けて大切に育てた。皆、その美しさに夢中になり、五人の公達が姫に求婚する。しかし、彼等は全員、かぐや姫から出された結婚の条件を果たせなかった。かぐや姫は、帝からも想われて手紙のやり取りをするようになるが、最後には生まれ故郷である月に帰っていく——

(かぐや姫にとって、月に帰るのは本望だったのかな……)

旅立つ直前、かぐや姫は帝に手紙を残している。

彼女にとって、いったい何が一番の幸せだったのだろうか。

月の世界には物思いというものがないとあるが、果たしてそれは幸せといえるのか。

物語は様々な人が研究し、最後の手紙についてもいろいろな解釈があるようだ。

夏乃子は、かぐや姫の心情を思いながら考えを巡らせた。

(結局は月に帰らなきゃならない運命なんだものね。どうあがいても、それは変えられない……。帝とのやり取りは、かぐや姫にどんな感情をもたらしたんだろう?)

子供の頃はそこまで深読みする事などなかったが、改めて物語を読み返してみると、なんとも言えないもの悲しさが胸に残る。

そう思うのは、物語と今の自分を重ね合わせているからだろうか……

蓮人との別れを決意した夏乃子は、彼と一切の連絡を断った。電話番号はもちろん、メールアドレスやSNSのアカウントもすべてブロックした。

アパートの契約上、四月末日まで部屋を借りる事になるが、すでに引き払う段取りを済ませ、荷物もまとめ終えていた。

長く住み続けていた部屋だけれど、終わりは拍子抜けするほどあっけないものだ。

いつでも退去できるほど準備が整うと、まるで知らない部屋を見るようで不思議な気持ちになった。

今日、新幹線に乗り込むまでの間に、何度蓮人の事を思い出しただろう。

自らブロックしておきながら、気づくと彼から連絡がきていないかスマートフォンをチェックし、部屋の前を通りかかる人の足音に耳をそばだてている。

そんな愚かな行動をとる自分が、ほとほと嫌になった。

アパートを引き払うと決めてからすぐに、八重にはその旨を報告しに行った。

『やけに急な話ね。何かあったの？』

日頃から何かと気にかけてくれている彼女に、嘘はつけない。

「築島商事」の架空請求に関してはさすがに詳しく話せなかったものの、ほかはすべて正直に話した。その結果、また彼女に心配をかけてしまった。

雅一の話を聞いた八重は、驚きのあまり絶句して、夏乃子の気持ちを代弁するかのように悪態をついた。

その後、しばらくの間黙っていたが、やはり信じられないといった様子で再度口を開いた。

『本当に、黒田さんは夏乃子に嘘をついていたの？』

『このまま終わっていいの？　だって、彼を本気で愛しているんでしょう？』

八重に沈痛な面持ちで訊ねられ、夏乃子もまた黙り込んだ。

自分の中に、まだ蓮人を信じたい気持ちが残っているし、今も心から彼を愛している。けれど、嘘をつかれていたのは、紛れもない事実だ。

深く傷ついている夏乃子を見た八重は、蓮人との業務契約を解消すると息巻いた。けれど、蓮人以上に優秀で親身になってくれる弁護士はほかにいない。

夏乃子は八重の気持ちを嬉しく思いながらも、会社のために契約を続行するよう伝えて別れた。

（無益な嘘はつかない——か。蓮人が私についた嘘は、事件解決の役に立ったのかな？）

夏乃子は「築島商事」の架空請求事件に関しては何も知らない。当然、雅一がその件とかかわりがあるのかどうかもわからないし、すべてが寝耳に水の話だった。

詳しい事はわからなくても、蓮人が優しくて有能な弁護士であるのは間違いない。

「築島商事」の件は、きっと彼が滞りなく解決する事だろう。

それがいつなのかはわからないが、業務が終了すれば、いずれ蓮人は夏乃子から離れていく人だったのだ。

その時が、少し早くなっただけ。

雅一の時に、去られる辛さはもう十分すぎるほど味わった。

せめて今回は、自分から去ろうと思い、混乱しながらも、どうにか蓮人から離れる算段をしてから東京を出たのだ。

新幹線を降りたあと、荷物をコインロッカーに預けて神社や寺を巡った。

今回の記事は、とある女性誌に掲載される予定で、企画を持ち込んだのは夏乃子だ。

テーマは「一人きりの贅沢」。

あえて行楽シーズンを避けたのは、静かで趣のある旅を提案したかったからだ。その判断は正しかったようで、ゆっくりと散策を行う事ができた。

一日目の取材を終えて宿泊するホテルに辿り着き、夜は地元野菜をたっぷりと使った料理を堪能する。和と洋が融合した部屋は、ゆったりとして広く、石燈籠と池のある庭を眺めながら露天風呂を楽しむ事ができた。

それからすぐに、いつもどおり記事の下書きを済ませ、もう一度湯に浸かってから布団に入った。

(よかった。いつもどおりだ)

仕事に没頭している時だけは、プライベートを忘れていられる。

これは、雅一が亡くなってから夏乃子が身につけた生きる術だ。

けれど、ほんの少しでも気を抜けば心が激しく揺れ動く。思い浮かぶのは蓮人の事ばかりで、それを頭から追い出すのに相当苦労した。

(前は、こんな事なかったのにな)

それだけ蓮人への想いが強かった――それが理由なのは、はっきりしていた。

「おはようございます。昨夜はよく眠れましたか?」

朝ご飯を食べている時、給仕をしてくれた係の人が笑顔でそう訊ねてきた。

「はい、とてもよく眠れました。ここは静かで、本当にいいところですね」

寝付くのに多少苦労したが、昼間かなり歩き回ったせいか、昨夜は久しぶりにぐっすり眠る事ができた。

おかげで寝不足が解消できたし、体力も回復したように思う。

（ちゃんと食べて、ちゃんと眠る！　プライベートでゴタついているからって、仕事をおろそかにするわけにはいかないからね）

二日目は県をまたぎ、電車とバスで二カ所目の「かぐや姫」ゆかりの地に向かった。

そこは、美しい竹林がある歴史ある街だ。

人がまばらな竹林を歩きながら耳を澄ませば、笹の葉が風に吹かれてサラサラと音を立てる。

景色の美しさに癒（いや）されながら取材を続け、近くの喫茶店や土産（みやげ）物屋に立ち寄った。そこで地元の人達にいろいろと話を聞き、今日の取材を終えたのちに二日目の宿に向かう。

京町屋を改装してできたそこは、料理と風呂が自慢の宿で、宿泊できるのは一日に数組のみという限定宿だ。

今回の旅で泊まるのは、いずれも価格設定が少し高めだが、その分特別感のある一人旅を満喫できるプランになっている。

今夜の宿は旅の目玉とも言えた。

数年前に改装しモダンな雰囲気になっているが、建物の中には長い歴史を感じさせる重厚感とひっそりとした静けさがあった。

その日も食事と風呂を終えたあとに、記事の下書きを仕上げ、二度目の風呂に入る。

檜（ひのき）でできた浴槽は、とてもいい香りがする。風呂に浸（つ）かりながら、できるだけ頭の中を空（から）っぽにした。

この二日間、極力スマートフォンは見ないようにしていたし、今日も宿に入ってから一度も手に取っていない。

昼間、引っ越しの関係で何度か不動産会社に連絡を入れたが、その時も用件を済ませたらすぐにスマートフォンをバッグにしまい込んだ。

「我ながら、よく頑張ってるよね」

小さな声で呟き、浴槽の縁に頭を預けた。

浴室は天井も檜でできており、目を閉じれば森の中にいるような心地のよい安らぎを感じられる。

(そういえば、実家のお風呂……桶だけは、なぜか檜だったよね)

引き続き蓮人が調べてくれた結果、無職だった兄は無事再就職先が決まり、母もパートの仕事を続けているようだ。もともと住む家はあるし、二人の収入を合わせれば問題なく暮らしていけていたようだから、おそらく今までの夏乃子の仕送りは全額母の小遣いに消えていたと思われる。

そうであるならば、こちらが無理をしてまで送金する必要はない。実際にもう仕送りはやめて連絡も絶っていた。

これも、蓮人のおかげだ。

彼への気持ちはまだ残っている。だが、すべて終わった事であり、事実は事実として受け止めるしかない。

あとは時間薬で少しずつ心が凪いでいくのを待つしかないだろう。

できるだけ彼の事を考えないようにしながら、いつもどおり仕事に注力する。

今、夏乃子にできるのは、それくらいだ。

風呂から上がってすぐ床に就き、二日目を終えた。

それからも場所を変えながら黙々と取材を続け、旅行に出て五日目に年度末を迎える。

その日の夜は宇治川を臨む風情ある宿に泊まり、連日の取材で疲れ切った身体をゆっくりと休めた。

『黒田さんから連絡があったわ。彼、夏乃子の事を必死になって探してるわよ』

八重からそんな連絡をもらったのは、翌日の午前中の事だ。

蓮人は夏乃子といっさい連絡が取れなくなってから、すぐにアパートに向かったようだ。そして、二軒先の住人である吉田に話を聞いたりして、夏乃子がしばらく帰宅していない事を知ったらしい。

いったい、なんのために自分を探すのか。

（雅一の事も「築島商事」の事も、私には関係ないし、何も知らない。だから、もう、ほっといてよ……）

せっかく距離的にも蓮人から離れているのに、これではまた彼の事で頭がいっぱいになってしまいそうだ。

今回の取材は昨日ですべて終わり、あとは原稿を書き上げて提出するだけ。

ほかにも仕事は入っているけれど、東京にいなければできないものではない。

その日のうちに安価な女性専用のキャビン型ホテルに宿替えをした夏乃子は、そこで書きかけの記事をまとめ始めた。

ホテルの部屋はシングルベッドと、コンセントとライトのついた小さなデスクがあるのみ。これまでの宿に比べたら格段に狭いけれど、清潔だしプライバシーも保たれている。

何より、窓もなくなんの装飾もない部屋は、見るものがない分、妙に落ち着いた。

完成した原稿を提出したあとは、このホテルを拠点にして、何をするでもなくあちこちを歩き回った。

上京して以来、ずっと東京に住み続けていたが、別に東京に住まなければならない理由はない。

今のご時世、スマートフォンとパソコンさえあれば、どこにいても仕事はできる。

(いっその事、こっちに引っ越すっていうのもアリだよね)

そうすれば、物理的にも距離ができるし、万が一にも街中で蓮人に会う心配もない。

それに、東京にいるよりも彼の事を考える時間が少なくなるような気がする。

思いつくなり、夏乃子はさっそく行動に移した。

すぐに入居できるマンスリーマンションを探し始め、数日のうちに竹林公園からさほど遠くない場所で暮らし始めた。

建物は四階建てで、夏乃子が入居したのは三階の角部屋だ。

間取りは1Kで東京のアパートよりも若干狭くなるが、月額の家賃は今までより一万円近く安い。

オートロックだしインターネットの設備も整っており、風呂とトイレは別になっている。

マンスリーマンションを選んだのは、暮らしに必要な家具や家電が備え付けになっているからだ。

ベッドやソファ、テーブルなどの家具はもちろん、テレビやエアコンのほかに洗濯機や掃除機、ドライヤーまで揃っている。

キッチンには冷蔵庫や電子レンジは当然の事、炊飯器にポットまであるという充実ぶりだ。

住み始めてすぐにマンションの周りを散策し、駅やスーパーマーケットなどを訪れて、かかる時間や距離を把握する。物価はそう安くないが、コンビニエンスストアもすぐ近くにあるし、交番もさほど遠くない場所にあった。

駅が近い事もあり、マンションの前の道は、朝晩を通して人通りが多い。部屋に戻れば一人ぼっちだが、外に出るとたくさんの人がいる。

今は、それくらいの距離感がちょうどいい。

話を聞いた八重は驚いていたが、環境を変える事には賛成してくれた。

マンションの住人とは、ほとんど顔を合わせる機会はないが、たまに出張や単身赴任中らしきビジネスパーソンを見かける。中には観光目的で滞在している外国人もいるようだ。

部屋の窓からは、少し先にある公園を眺める事ができて、ちょうど遅咲きの桜が見頃を迎えている。

少し前の夏乃子は、まさか自分が今年の桜を京都で見る事になるとは思ってもみなかった。

公園は緑が多く、森林浴をしながらの散歩に最適だ。

住み始めて六日経った平日の午後、夏乃子はふと思い立って、そこに散歩しに出かけた。

池の周りを歩き、雑木林を抜けて広場を臨む(のぞ)ベンチに腰掛ける。近くには誰もおらず、少し遠くに犬の散歩をしている人が見えるだけだ。

夏乃子は、散歩の途中で立ち寄ったコンビニエンスストアで買った缶コーヒーを開けて、一口飲む。

「ああ……天気がいいなぁ……」

空は青く晴れ渡り、風もない。今のところ仕事は順調に進んでいるし、マンションの住み心地もよく快適な毎日が送れている。

はじめて来た街で、誰一人知り合いのいない生活をスタートさせたが、それは上京した時と同じだ。

缶コーヒーを飲みながら、これまでの自分の人生をざっと振り返り、俯瞰(ふかん)してみる。

かなりハードだったが、それでもこうして無事に生きている。

今はそれだけで十分だ。

これからどうするかは、もう少し今の生活を続けてから考えよう——

そう思って一気に缶コーヒーを飲み干し、公園を一回りしつつ駅前の商店街に向かった。

そこで必要なものを買い込んだ夏乃子は、オンラインツールで八重に近況を連絡した。

『ゼロからのスタートでしょ。必要なものがあれば送るし、預けた荷物から持ち出すものがあれば言ってよ』

八重の協力を得てアパートの退去手続きもすべて終わり、荷物はぜんぶトランクルームに預けてある。

「ありがとう。だけど、ほら見て。生活に必要なものは一通り揃ってるから、とりあえずはなんとかなってるの」

ノートパソコンのカメラで、歩きながら部屋全体を映した。

『すごい。充実してるね。そのうち、ミーティングを兼ねて遊びに行ってもいい？』

「もちろん、いいわよ」

八重が笑い、夏乃子もつられて少しだけ笑った。

ひとしきり話をして通信を終えたあと、ベッドの上に仰向けに寝転がる。

ここでの生活は、自分にとってリハビリのようなものなのかもしれない。

そんなふうに考えつつ目を閉じた。

翌朝目を覚まして窓から空を見上げると、一面に広がる薄雲の向こうに太陽が輝いているのが見えた。

いつまでも、くよくよしてなんかいられない。

それからの夏乃子は毎日外に出て、近所を探検しながら少しずつ行動範囲を広げていった。知っている場所を増やし、仕事中はいつもそうであるように、用があって入った店の人など、多少なりともかかわりができた人には自分から話しかけるようにする。

そうやって暮らしているうちに、ここに来てひと月が過ぎようとしていた。

今のところ仕事にはまったく支障がなく、プライベートでは毎日のように出かけてはちょっとした観光気分を味わっている。

けれど、ふとした時に思い出すのは、やはり蓮人の事だった。

彼と出会い、ともに過ごしたのは、三カ月とちょっとだったのに、心はいまだに蓮人の事を忘れられずにいる。
気がつけば彼の事を考えてぼんやりしている事もしばしばで、彼の夢を見たのも一度や二度ではない。

（我ながら、未練がましいな……）

八重の話では、蓮人はその後も再三連絡をしてきては、夏乃子の居場所を訊ねてくるらしい。
気にするなと言ってくれているが、八重には迷惑をかけっぱなしだ。知らないふりをしてくれているが、蓮人はきっとそれが嘘であるとわかっているのだろう。

（どうして、私を探したりするの？　まだ何か聞きたい事でもあるのかな……）

ただでさえ、蓮人の事を考えると平常心ではいられなくなるのに、もうこれ以上、心をかき乱してほしくなかった。
もう十分すぎるほど傷ついているし、これほどまでに自分の心を奪いズタズタにした彼を恨めしく思う。
それなのに、蓮人の顔を思い浮かべた時、真っ先に感じるのは恋しさだった。

（馬鹿みたい。結局は、利用されて弄ばれただけじゃない）

蓮人にしても雅一にしても、愛しているふりをして夏乃子を騙していたのだ。
浅はかにも彼等の愛の言葉を信じて、露ほども疑わずにいた。

「ストップ！」

夏乃子は声を上げて、ベッドから起き上がった。

時間に余裕ができると、すぐに余計な事を考えてしまう。せっかくこれまでの生活をリセットしたのだ。

いい加減このループから抜け出さなければ。

両方の掌（てのひら）で頬をパンと叩くと、夏乃子はベッドから下りて再びノートパソコンの前に座った。

そして、新しいクライアントを開拓すべく、企画書を作成し始めるのだった。

夏乃子が、突然いなくなった。

ほんの数日前、彼女のアパートであれほど熱く愛し合ったのに、彼女は何も言わずに姿を消してしまったのだ。

はじめは、仕事が忙しくて連絡がとれずにいるのだろうと思っていた。

しかし、こちらがいくら電話をかけたり、メッセージを送ったりしても、いっこうに返事がない。

それでようやく、こちらの番号やメールアドレスがすべてブロックされているのだと気づいた。

さすがに変だと思ってアパートを訪ねたら、以前顔を合わせた事のある吉田という二軒先の住人に、夏乃子はここ数日帰ってきていないようだと教えられた。

取材旅行に行っているとしても、連絡をくれないのは明らかにおかしい。

すぐに彼女の親友である福地に電話をして居場所を訊（たず）ねたが、何も聞いていないと言われてしまった。

（そんなはずはない。あの口ぶりからして、ぜったいに夏乃子がどこにいるか知っているはずだ）

蓮人は事務所の七階にあるソファに腰掛け、あれこれと考えを巡らせる。

彼女がなぜ急に姿を消したのか、皆目見当がつかない。しかし、夏乃子が自分と距離を置こうとしているのだけは確かだった。

幸い、福地とは仕事上のかかわりがあるため、それを理由に毎日のように連絡をして夏乃子がどこでどうしているのか訊ね続けた。

けれど、彼女は白を切るばかり――とはいえ、福地の挙動から夏乃子が無事でいるのだけは伝わってきた。

それだけわかれば、無理に探すのはよくないと判断し、しばらく静観する事にしたのだが、これが思った以上にキツイ。

仕事に集中している時はまだしも、オフの時間は夏乃子の事しか考えられず、いてもたってもいられなくなってしまう。

『蓮人……。私の事、一生忘れないって誓って――』

夏乃子と最後に抱き合った時、彼女は自分にそう聞いてきた。

その時の夏乃子が、やけに思いつめたような表情を浮かべていた事を思い出す。

今思い返してみると、まるでこれきり会わないともとれるような言い回しだ。

（いったい、何があったんだ？）

夏乃子はこれまでの経験からか、辛い事があっても我慢して呑み込んでしまう傾向にある。あの時、彼女の変化に気づいていれば、こんな事にはなっていなかったかもしれない。

「くそっ……。俺とした事が、何をやってるんだ」

彼女が自分から離れなければならない何かがあったのは間違いないが、それがなんなのかわからない。

原因は、どこにある？

もしかして、自分が何かしでかしたのだろうか？

懸命に彼女との過去を振り返るも、いきなりいなくなられるほどの失態を犯した覚えがない。

しかし、自覚がないまま夏乃子を傷つけてしまっていたと思うと、気が気じゃなかった。

夏乃子と連絡が取れなくなってから、すでにひと月になる。

さすがに悠長な事は言っていられなくなった。とにかく彼女がいなくなった理由を調べて、できるだけ早く関係を修復しなければならない。

だが、行方（ゆくえ）を知っているはずの福地は、何度聞いても居場所を明かさず、のらりくらりと質問をかわしてばかりだ。それはつまり、それだけ自分と距離を置きたいという夏乃子の意志が固いという事なのだろう。

彼女の事は、いつだって自分が守ると約束したのに、今どこにいるのかもわからないなんて、情けなくて自らを罵倒（ばとう）したくなる。

万が一、このまま夏乃子を失うような事になれば、いくら後悔してもしきれない。

そうこうしているうちに「築島商事」の架空請求事件が無事解決し、戸川雅一が潔白である事が明らかになった。

結論から言えば、架空請求にかかわった社員は、ぜんぶで六名。そのうちの四名は当初から調査対象になっていた「築島商事」で営業関連の職に就いている社員で、あとの二名は新たに発覚した同社の役員一名と経理担当者一名だった。

主犯格は営業関連職の四名で、被害額の大半は彼等の個人的な隠し口座に入金され、もうほとんど残っていない状態だった。

手口は巧妙で悪質だが、所詮悪事によって繋がったかかわりなど脆弱なもの。

一人が己の罪を軽くしようと口を割ったのをきっかけに、あっという間に解決の糸口が見つかった。

四人が罪の擦り付け合いをしている過程でわかったのは、当初調査対象だった戸川雅一はこの件にまったくかかわっていなかったという事だ。

社内監査が入るという噂を聞きつけた彼等は、自分達のした事が明るみになるのを恐れ、少し前に亡くなった戸川雅一にすべての罪をかぶせるよう偽装したようだ。

その際、仲間に引きずり込んだのが役員と経理担当者で、彼等はいずれも金に困っていたのにつけ込まれて加担したらしい。

（なんにせよ、戸川が絡んでいなくてよかった。調査結果が出るのが、もう少し遅れたらどんな事になっていたのやら……）

偽装工作のせいで疑惑のやり玉に挙がった戸川は、両親はもとより親族や交友関係まで調べ上げられた。本人死亡の現状を考慮され、調査は秘密裏に行われていたものの、長引けばいずれは両親や関係者にも話を聞かざるを得なくなっていただろう。

ただでさえ彼の死でダメージを負っている夏乃子に、これ以上余計な心労をかけたくなかった。

ギリギリではあるが、こうして戸川の潔白を証明する事ができてホッとした。

これでもう、心置きなく夏乃子と付き合える。

見つけ次第、プロポーズをして、ぜったいに幸せにすると誓い、彼女に受け入れてもらわねばならない。

そのためにも、なんとしてでも彼女を見つけ出す。

夏乃子だけは、手放すわけにはいかない――

蓮人は静かに目を閉じると、愛する人を取り戻すべく策を練るのだった。

東京を離れてから、ひと月ちょっと過ぎた平日の午後、夏乃子はローテーブルの前に座ってホットココアを飲んでいた。

月が替わり、世間はゴールデンウィーク真っただ中だ。つけっぱなしにしているテレビの情報番組では、アナウンサーが行楽地の混雑ぶりについて解説している。

今日は出かける予定はないし、丸一日仕事はせずに、ゆっくり過ごすつもりだ。

(どうせ、どこに行っても混んでるしね)

ここでの暮らしにもだいぶ慣れてきた。近所に雰囲気のいいカフェも見つけたし、いつも買い物をするスーパーマーケットの会員カードも作った。

そんなふうに新天地の暮らしの緊張感が薄れた頃、ふと二カ月近く月のものが来ていない事に気づいた。

夏乃子はもともと周期が乱れがちで、一カ月も経たないうちに来たと思ったら、一カ月半くらい間が空く時もある。

しかし、今回はさすがに長すぎるし、原因は何かと考えてみると、真っ先に蓮人との最後のセックスが思い浮かんだ。

アパートの玄関での行為は、性急で二人とも欲望にまみれていた。

実際、夏乃子は避妊具を使おうとする蓮人を引き留め、そのまま彼とセックスに至った。

挿入する寸前、蓮人と刹那見つめ合ったが、あの時彼は何を思っていたのだろうか……

かたや自分は、蓮人を想うあまり無意識に彼の子供ができてもいいと思っていた。

それは、衝動的な行動だったかもしれない。

けれど、それも蓮人を深く愛しているがゆえの事だ。

そして今、もしかすると自分の体内に新しい命が宿っているかもしれない――

夏乃子は、急いで近くの産婦人科に駆け込んだ。

あとから考えてみたら、先に妊娠検査薬で調べてからにすべきだった。

結果的に、夏乃子は妊娠していなかった。担当してくれた女性医師からは、ストレスによるホルモンバランスの乱れが原因だろうと言われた。

「何やってんのよ……」

あわてるあまり、ほかの可能性を考えずに産婦人科を受診するとは……

振り返ってみれば、神崎から一連の話を聞かされて以来、一時も気の休まる時がなかったような気がする。

東京を出て移住した事で、いくらか気持ちは楽になったものの、急な環境の変化はそれだけでも心身のストレスになっていたのだろう。

その上、蓮人を忘れるために無理に仕事を増やし、余計な事を考えずに済むように忙しくなるようしむけた。毎日充実はしているけれど、神経が休まらず、夜は眠っても途中で目が覚めてしまう事も多かった。

程よくリフレッシュもしていたつもりだったが、それだけでは心身の不調は回避できなかったみたいだ。

（ストレスに寝不足に生理不順。もっと自分を労わってあげないとダメだな……）

それにしても、いの一番に思いついたのが妊娠とは――

おまけに夏乃子は、もし本当にそうであれば喜んで育てようとまで思っていた。

（私って、本当に馬鹿だなぁ……）

仮に蓮人との子供がお腹に宿っていたら、これからの生き方が大幅に変わってくる。

当然、仕事に影響が出るし、かといって頼れる家族がいるわけでもない。いくらか蓄えはあるけれど、子供を産み育てるにはぜんぜん足りないし、今の生活を変える覚悟がいる。

それなのに、産婦人科に行こうと準備をしている時、夏乃子は狼狽しながらも、自然と子供のいる生活について考え、自分一人で育てていく決心をしていた。

なのに、いざ蓋を開けてみれば、自己管理ができていなかった事による生理不順。

あれほど傷つけられ翻弄されたのに、まだ蓮人への想いを捨てきれていないどころか、彼との子供を望む気持ちまであったなんて……

まったく、どうかしているし、滑稽すぎて笑うに笑えない。

いい加減、自分で自分が嫌になっていた時、八重から電話がかかってきた。

夏乃子は空になったカップをテーブルの上に置き、ベッドの上に腰掛けた。いつもより早口で話すから、何事かと思えば蓮人から伝言を預かったという。

『ついさっきまで、仕事の件で黒田さんと会ってたのよ。そしたら「築島商事」の件は、すべて解決した。彼は無実だったたって、夏乃子に伝えてほしいって言われたの』

「えっ……」

思わず声が出て、スマートフォンをギュッと握りしめる。

実のところ「築島商事」の件は、ずっと気になっていた。

夏乃子を裏切っていた雅一だが、曲がりなりにも、六年間も付き合った人だ。彼は決して仕事で犯罪を企てたりするような人ではないし、ぜったいに何かの間違いだと信じていた。

　彼が無実だとわかり、夏乃子は心から安堵して深いため息をつく。

「そう、よかった……！」

　詳しい事は聞かされていないとはいえ、八重は蓮人が何かしらの理由があって雅一を調べていた事を知っている。きっと、彼女なりに気にかけてくれていたのだろう。

　夏乃子のホッとしたような声を聞いて、八重が小さく『うん』と言った。

『十中八九、黒田さん、私が夏乃子の居場所を知ってるって気づいていると思う。もちろん、知らぬ存ぜぬを決め込んでいるけど、あの様子は、ぜったいに探すのを諦めてないよ』

　蓮人は相変わらず、仕事にかこつけて八重に連絡をしてきているようだ。

　そして、そのたびに夏乃子の居場所を探ろうとするが、いくら聞いても口を割らないと判断したのか、最近では安否だけでも教えてほしいとしつこく頼んできているらしい。

「知らん顔するのも、大変だよね。迷惑かけてごめんね、八重」

『そんなの気にしなくていいわよ～。黒田さん、役に立ってくれているもの。彼に担当してもらってる恋愛相談のコーナー、相変わらず大好評なのよ。黒田さん、法律上の返答だけじゃなくて、相談者の気持ちに寄り添ったコメントを添えてくれたりするから。それと、顔出しを承諾してくれたのも、人気が出た理由のひとつなのは間違いないわね』

　当初、蓮人の顔写真の掲載予定はなかった。しかし、彼のビジュアルのよさは、ぜったいに人目を引く。そう判断した八重は、ダメもとで顔出しの打診をした。

　すると、彼は意外にもあっさり承知してくれたらしい。

『これも、夏乃子のおかげだわ。……なんて、今の状況を考えると、かなり複雑だけど』

「私の事は気にしないで。『レディーマイスター』のサイトが賑わえば、それだけ私の記事も読んでもらえる機会が増えるわけだし」

『そうね。四国、女一人旅の記事も好評だったし、これからも頑張ってよ。……でも、本当にこのまま別れちゃっていいの？　黒田さんの事、まだ吹っ切れてないんでしょ』

「……うん。吹っ切れてないどころか、かなり引きずってるみたい――」

　八重はなんでも話せる唯一無二の親友だ。

　夏乃子は、変に意地を張るのをやめて、いまだ蓮人を想っている事を八重に話した。

　その流れで、ストレスにより月経周期が乱れた事、妊娠を疑って産婦人科を受診した事を明かした。

「もし本当に妊娠していたら、頑張って一人で育てていこうとか、そんな事まで考えちゃって」

　産婦人科に向かっている間の懊悩や決断。それにより、自分がまだ蓮人を愛しており、彼の子供を望んでいた事など、夏乃子は胸の内を洗いざらい打ち明ける。

　八重はそれをぜんぶ受け止めてくれた。

「我ながら、いろいろとびっくりしたし、戸惑ったけど……。八重にぜんぶ話せて、すっきりしたわ」

『それはよかった。だけど、もうあまり我慢しないようにしないとね。好きなら好きで、いいじゃない。私、黒田さんと話すようになってから、ずっとそう思ってたんだけど、彼って本気で夏乃子の事を愛してるんじゃないかな？　そうでなきゃ、あんなにしつこく居場所を聞いたり安否確認したりしないんじゃ——』

「さすがにそれはないわよ。本当の事を言うと、ちょっとだけそんなふうに考えた事もあるわ。だけど、そんな恋愛ドラマみたいな展開、現実にあると思う？　蓮人は雅一の件があるから私に近づいたのよ。私は雅一にはとことん騙（だま）されてたから、結局なんの役にも立たなかっただろうけど」

言いながら、自分が必要以上に卑屈（ひくつ）になっているのに気づいた。実際、二人の男性に嘘をつかれて、それを信じ込んでいたおめでたい女である事には間違いない。

「ごめん！　私、いじけすぎだよね。でも、今はあれこれ悩むのに疲れちゃった。それに、このままパートナーなしで生きていくのも、そう悪くないと思うのよね」

『そっか～。私も元カレの一件の時は同じような感じだったし、夏乃子の気持ちはすっごくよくわかる。彼の子供が欲しいと思った気持ちも……』

八重は元カレの嘘を知らずに付き合っていた時、結婚したらすぐにでも子供が欲しいと言っていた。

じきに夫婦になるなら、結婚前に妊娠してもさほど困る事はない。彼女は一度元カレに避妊具なしでセックスをしないかと持ち掛けた事があったらしい。しかし、元カレはけじめとしてそれはできないと言い張り、実現しないままだったようだ。

『今思えば、浮気相手と子作りなんかするわけないわよね。ふん！　あいつったら……』

元カレの事を思い出した八重が、電話の向こうで地団太を踏む音が聞こえてきた。

『妊娠って人生の一大イベントだものね。それを望むか、望まないか――。実際子供を産むのは女性なんだから、男性はそこらへんをもっとよく考えて行動してほしいものよね』

それから少しの間、妊娠にまつわる話や避妊具とその効果について語り合った。

話すうちに、互いに知っているようで知らない事がたくさんある事に気づく。

『――ねえ、今話してて思いついたんだけど、今度避妊具についての記事を書かない？』

八重に提案され、二つ返事で引き受ける。

避妊は女性にとって知っておくべき重要な知識だし、自分にとっても興味深い題材だ。

それからは仕事の話になり、三十分ばかり話して電話を切った。

心なしか、八重は以前よりもアグレッシブになったように思う。

過去を引きずるのではなく、それを糧にして前に進んでいる彼女の強さは、自分も大いに見習いたいところだ。

「よし、頑張るか！」

声を出して自分を鼓舞し、夏乃子はさっそくノートパソコンで避妊具について調べ始める。結局夕方までかかって関連の資料を読み漁り、先日診察してもらった産婦人科の女医に話を聞かせてもらう段取りをつけた。

（やっぱり、コンドームよりもピルのほうが、避妊効果が高い。とはいえ、いずれにしてもリスクを負うのは女性だけ、か……）

妊娠と出産は女性の心身だけではなく、生活や人生にも多大な影響を及ぼす大事だ。

夏乃子は無意識に掌を自分の下腹に当てて、しばらくの間ぼんやりと考え事をする。

蓮人と知り合い、隠された事実を知るまでの日々は、今までの人生の中で最高の時間だった。灰色一色だった毎日が色づき、失くしていた感情を取り戻す事もできた。

それはぜんぶ、蓮人が夏乃子の人生にかかわってくれたおかげだ。

(だったら、それでいいじゃない)

結果的に、かなり傷ついたし、残念な終わり方をしてしまったけれど、彼を通じて人と愛し合う本当の幸せを知ったような気がする。

蓮人がくれた愛は嘘だったけれど、彼が夏乃子に与えてくれたものは大きい。

きっと、これから先もいろいろと悩んだり、行き詰まったりするだろう。

けれど、彼のおかげでそれらを乗り越える術を知ったし、今はもう、ただ過去に囚われてばかりの自分ではない。

(いろいろと、けじめをつけなきゃね。まずは、これからかな)

夏乃子は部屋の隅に置いているスーツケースから、リングケースを取り出した。それは雅一の両親から託されたものだけれど、本来夏乃子が持っているべきものではなかった。

アパートを引き払う準備をしていた時、夏乃子は雅一の写真とともに、それを「保留」と書いた封筒に入れて本棚の上に置いていた。

本来、それはほかのものと一緒にトランクルームにしまわれるはずだった。けれど、事情を知る八重がそれに待ったをかけたのだ。

『真相がわかったなら、いつまでも持ってないで、処分したほうがいいんじゃない？』

八重の言うとおり、ほかの女性の名前が刻まれた指輪を、後生大事に持ち続けているのもおかしな話だ。そうかといって、わけを話して雅一の両親に返すわけにもいかない。

そんな事をしたら、何も知らないでいる善良な二人を傷つける事になってしまう。

夏乃子は、かつて彼等が自分の義理の両親になると信じていたし、心からそれを楽しみにしていたのだ。

二人に余計な負担をかけないために、指輪は自分が責任をもって処分しなければならない。

でも、どうやって？

いろいろと考えている時、ふと、かつて一度だけ雅一と旅行に行った場所が頭に思い浮かんだ。

そこは、同じ京都ではあるけれど、日本海側の海沿いにある観光地だった。

夏乃子が暮らしている街からだと電車で五時間近くかかるが、遠出するにはちょうどいい季節だし、仕事も一区切りついている。

(来週早々、行ってこようかな)

そう決めるなり、夏乃子は電車と宿の手配をして、指輪を処分する旅の準備に取り掛かった。

奇しくも、来週夏乃子は二十九歳の誕生日を迎える。そして、雅一と旅行したのも今から五年前の同じ時期だった。

(あの時も、一応私の誕生日のお祝いを兼ねて旅行だったんだよね)

出かけた時は、すでに誕生日は過ぎていたし、宿の予約などの段取りはすべて夏乃子がした。雅一との約束は一事が万事そんな調子だったから、当時はなんとも思わなかったけれど……

（私って、かなり雑に扱われてたんだな。でも、それが普通だって思い込んでいたんだよね）

今思えば、彼がいろいろなイベントをともに過ごしてくれなかったのは、指輪に名前が刻まれていた女性や、ほかの女性達がいたからに違いない。

六年間も付き合っていながら、それに気づかなかったなんて、我ながら呆れてしまう。

実家では常に後回しにされていた夏乃子だが、恋人関係においてもそうだったとは。

雅一は彼の両親に夏乃子を紹介してくれたけれど、はじめから夏乃子と結婚するつもりなどなかったのだろう。

（都会に出て社会人になったばかりだったし、うぶだったよね……）

雅一とは旅行会社に入社して間もなくして誘われた合コンで知り合い、その後、何度か向こうから連絡をもらい、交際が始まった。

それから六年、世間慣れしていない夏乃子を騙してキープしておくのは、雅一にとってはさほど難しい事ではなかったのだろう。

旅行当日、夏乃子は朝一番の電車に乗って日本海を目指した。

京都といえば、ほとんどの人が古都を思い浮かべるが、海沿いの街はまた別の趣がある。

レンタカーを借りてもよかったが、電車に揺られながらぼんやりしたい気分だった。

平日の昼間という事もあり、車内はさほど混んでいない。目的地に近づくにつれて乗客も少なくなり、途中から座って外の景色を眺めながらの旅になった。

以前は、当時の想い出を忘れまいとして、時折記憶を辿ったりしていた。

今はもう、雅一との記憶はかなり薄れてきている。

それはきっと、蓮人と過ごした濃厚な時間に記憶が上書きされ、塗り替えられたからだ。

(そういえば、雅一から「好き」とか「愛してる」って言われた事、あったっけ?)

「付き合おう」と言われた事はある。

けれど、振り返ってみれば、彼から愛を囁かれた事など一度もなかった。

それに引き換え、蓮人は夏乃子に対してストレートに愛情をぶつけてきた。

『俺は夏乃子を悲しませたりしないし、これからは俺が目一杯、愛情を注いでやる。夏乃子が拒んでも愛し続けるから、覚悟しろよ』

蓮人が、そう言ってくれた時の笑顔は、今もはっきりと覚えている。

彼には、雅一以上に深く傷つけられた。

けれど、蓮人のおかげで過去を断ち切る事ができて、前を向いて自分の人生を歩き出せるようになったのだ。

彼とかかわらなかったら、自分は今も感情を失くしたまま、過去を引きずって生きていた事だろう。

そう考えると、蓮人との出会いは自分にとって必要不可欠なものだったのかもしれない。

辛すぎて、もう恋愛なんて一生ごめんだと思うほどの傷を心に負った。

けれど、たとえ嘘でも彼が注いでくれた愛情は、夏乃子の心を生き返らせてくれたと言っても過言ではない。

夏乃子が弱っている時、蓮人がくれた思いやりや気遣いは、本当にありがたかった。今思い出しても泣けてくるほどだし、それがぜんぶ本当だったら、どんなによかっただろうか……。

「ふっ……」

捨てなければならない想い出は、雅一とのものだけではない。

けれど、いっぺんには無理だ。

まずは、ひとつ捨てて心が今よりも元気になるのを待とう。

なぜなら、二つ目の想い出は、短いけれど濃厚で火傷するほど熱いものだ。無理に捨てようとすれば、余計に傷が深くなりそうだった。

(傷つくのにも慣れたらいいのに……)

しかし結果はどうであれ、蓮人と過ごした日々は夏乃子にとってかけがえのないものであるのは確かだ。

蓮人ほど魅力的な男性は、世界中のどこを探してもいないだろう。

もしかすると自分は、蓮人との想い出を生涯持ち続ける事になるかもしれなかった。

目的地までは、電車を二度乗り継がねばならない。そのあとは、バスと徒歩だ。

仕事ではないから、さほど急ぐ旅でもない。電車を降りたあとバスに乗り替え、およそ四十分かけて海岸沿いの街に向かう。

バスに揺られながら、のんびりと窓の外の景色を眺める。乗車しているのは夏乃子を入れて六人で、そのうちの二人が優先席に並んで座っている老夫婦だ。

ふと、以前飛行機の中で見かけた外国人夫婦の事を思い出した。彼ら同様、バスに乗っている二人も仲睦まじげだ。

(あんなふうに夫婦仲よく年を取れたら素敵だろうな)

見るとはなしに老夫婦を眺めていると、何やら可笑(おか)しそうに笑いながら小声で話している。その様子がとても幸せそうで、見ているうちになぜか涙が込み上げてきて、あわてて老夫婦から視線をそらす。

「あ……」

堪(こら)えきれずに、涙が頬を伝っているのに気がつき、急いで掌(てのひら)で頬を拭った。

幸せそうに年を取ってきた老夫婦を見ているうちに、自分が夢見た蓮人との未来を思い出してしまい、また涙が込み上げてくる。

(本当に好きだったし、すごく愛してた……。今も愛してるし、きっとこれからも愛し続ける……)

それは確信に近いものだった。

騙(だま)されて嘘をつかれたのは、とてつもなく悲しい。

けれど、蓮人だけが夏乃子の気持ちを波立たせ、丸裸にしてくれた。

彼を想うだけで、いろいろな感情が込み上げてきて、最後には愛おしさだけが胸に残る。

偽りではあったけれど、蓮人は夏乃子に焼けつくほどの愛を教えてくれた。

『蓮人……。私の事、一生忘れないって誓って――』

彼との最後の夜、夏乃子は蓮人にそう言った。

けれど、実際に忘れられなくなったのは自分のほうだったみたいだ。

それからはもう窓の外ばかり眺めて過ごした。いつの間にか、乗っているのは夏乃子だけになっていた。

バスは、いつしか海沿いの道を走り始めている。

太陽の光が降り注ぐ水面がキラキラと光り、夏乃子は眩しさに目を細めた。

「綺麗……」

(ここに来るのは、何年ぶりだったかな……)

以前は覚えていたのに、今はもう記憶もだいぶ曖昧になってきている。

その代わりに思い浮かぶのは、蓮人の笑った顔だ。

どうあがいても、心惹かれるものから目をそらす事はできないのだろう。

蓮人を想う気持ちを捨てきれないなら、無理にそうする必要はないのではないか?

何をしても忘れられないなら、いっそもう諦めて、一生彼への想いを胸に抱いたまま生きていけばいい。

そう割り切ってしまうと、ふいに気が楽になった。

目的地に到着し、バスを降りて海辺まで歩く。夏は海水浴場として賑わうそこは、記憶に残る風景のままだ。

砂浜を少し行った先に、磯遊びができる岩場がある。

シーズンオフだし、平日だからか人影はまばらだ。夏乃子のほかに岩場を目指す者は誰もいない。

足元に気をつけながら岩場まで移動し、波打ち際まで進んだ。

バッグから指輪を取り出し、少しの間だけ空にかざしてみる。ずっと部屋にあったけれど、結局一度も指にはめた事はなかった。

雅一とは六年付き合ったが、今はすべての記憶が色あせて、ぼんやりしている。

彼とここへ来たのは確かだが、それ以外の事は波打ち際に書いた文字のように記憶から消えてしまっていた。

しばらくの間、じっと海を眺めていた夏乃子は、ゆっくりと深呼吸をする。

「さよなら、雅一。私、もうあなたの事、思い出さないから」

そう言いながら、ピッチャーのように両腕を胸の前に構えた。そして、左足を上げながら右足に体重を乗せる。腰をひねりながら右手と一緒に左足を前に踏み出そうとしたが、岩の上で足が滑り、バランスを崩して倒れそうになった。

「きゃっ……！」

腕をばたつかせてなんとか体勢を立て直そうとするが、一度傾いた身体は元には戻らない。

このまま倒れる！

そう思い、夏乃子はとっさに目を閉じて身をすくめた。その瞬間、うしろから身体を支えられ、どうにか倒れずに済む。

「危なかった。間に合ってよかったよ」

背後から聞こえてきた声に驚き、夏乃子は目を剥いてうしろを振り返った。そこにいるのは、サングラスをかけた背の高い男性。色付きのレンズ越しでも、こちらを見る目が笑っているのがわかる。

「れっ……蓮人⁉」

驚きすぎて、自分でもびっくりするほどの大声が出た。

肩を支えられて、ようやく身体がまっすぐになる。見上げた蓮人の顔には、夢にまで見た優しい笑みが浮かんでいる。

「な……なんで？　どうしてここにいるの？」

うろたえる夏乃子の手を引いて、すぐ横の平坦な岩場まで移動した蓮人は、サングラスを外してにっこりと笑った。

「夏乃子の事は、いつだって俺が守るって約束したから」

そう言って笑う彼の口元から、真っ白な歯が零れた。笑顔がさらに広がり、目は三日月形になって糸のように細くなる。

その顔は、夏乃子が大好きな蓮人の表情のひとつだ。

夏乃子はポカンとしたまま、彼の顔に見入った。

「忘れたのか？　四国の土産を持ってうちに来てくれた時、そう約束しただろう？」

蓮人がニコニコしながら、夏乃子を見る。

あっけらかんとしたその顔を見ていると、彼と離れていた時間などなかったかのように思えてくる。

「もちろん、覚えてる……。覚えてるけど……」

ここは東京ではなく、京都だ。

しかも、シーズンオフの観光地で、偶然出会えるような場所ではない。

そもそも、どうしてここにいるとわかったのだろう？

自分の理解を超えた状況に、夏乃子は驚きで口をパクパクさせた。

「指輪を海に投げようとしていたのか？　俺のほうが遠くまで投げられるけど、代わろうか？」

当たり前のように掌（てのひら）を差し出され、思わずその上に指輪を置いてしまう。それと交換するように、彼が持っていたサングラスを手渡された。

「よく見てろよ」

蓮人が指輪を持った両手を合わせて、頭の上にあげる。そして、プロ野球のピッチャーさながらに右足を軸（じく）にして左足を上げ、大きく振りかぶって勢いよく指輪を海に投げた。

速すぎて、指輪を目で追う事などできなかったけれど、自分で投げるよりも遥（はる）かに遠くまで飛んでいったのは確かだろう。

「どうだ？　ナイスピッチングだろ？」

蓮人が自画自賛し、笑顔を向けてくる。

「う、うん」

おうむ返しに頷きながら、彼と並んで指輪が消えた海を眺める。

ゆっくりと深呼吸すると、いつもよりたくさんの空気が肺の中に入ってくる。それをすべて吐き出すと、ふっと身体が軽くなったような気がした。

ジャンプをすれば、そのまま空を飛べそうなくらい気分がいい。

「目的は果たせたか？」

蓮人に訊ねられ「うん」と頷いて彼を見た。

今日の彼は薄いブルーの襟付きシャツに、ブルージーンズ姿だ。髪の毛は記憶しているよりも少しだけ長く、それが海風に煽られてくしゃくしゃになっている。

「ちょうど昼時だし、美味しいものでも食べに行かないか？」

蓮人が、誘うように浜辺のある方角を掌で示した。

用事は済んだし、いつまでもここにいる理由はない。とりあえず浜辺に向かって歩き出すと、蓮人もついてくる。

「車で来たの？」

夏乃子は、歩きながら横を歩く彼に話しかけた。蓮人が夏乃子を見て、にっこりと笑いかけてくる。

「そうだよ。日の出前に家を出発して、ついさっきここに車を停めたんだ。だいたい七時間くらいかかったかな」

「なんで……」

「今夜はこっちに泊まるつもりなんだろう？　もう宿は予約したのか？」

夏乃子が疑問を口にする前に、蓮人が質問を投げかけてきた。

「この近くの旅館を予約してるけど――」

夏乃子が宿の名前を言うと、蓮人が嬉しそうな顔で空いているほうの手でパチンと指を鳴らした。

「ビンゴ！　夏乃子ならそこを選ぶと思って、俺もそこを予約したんだ。もし外れたらキャンセルしなきゃならないと思ってたから、よかったよ」

「よ、予約した……？」

夏乃子の戸惑いをよそに、蓮人は機嫌よく助手席のドアを開け、夏乃子に座るよう促してきた。

ごく自然にエスコートされ、一瞬だけ躊躇したものの素直に応じる。シートに腰掛けると、蓮人がドアを閉める前に夏乃子からサングラスを受け取ってかけた。

「どう？　似合うだろ？」

蓮人が、屈み込むようにして夏乃子の目の前に顔を近づける。

鼻先二十センチの位置でレンズ越しに目が合い、夏乃子は即座に首を縦に振った。

「そうか」

彼は嬉しそうに満面の笑みを浮かべ、助手席のドアを閉めた。

足取りも軽く運転席に向かう蓮人をフロントガラス越しに見つめながら、夏乃子はいまだこの状況に混乱していた。

聞きたい事は山ほどあるが、何をどう聞いたらいいのかわからない。

訊ねたら、蓮人はどう答えるだろう？

そして、自分は彼の口から聞かされた言葉を、素直に信じられるのだろうか？

気持ちは整理したが、まだ彼を愛しているのも確かだ。

だからといってすべて許せるかと問われたら、とてもじゃないけれど「はい」とは言えなかった。

（蓮人は、私をどうしたいの……？）

逃げ出したはずなのに、今こうして蓮人の車の中で二人きりでいる。

とりあえず普通に接してはいるけれど、頭の中は混乱しっぱなしだった。

車が道を外れ、近くの道の駅に停車する。海が見えるレストランに入り、おすすめされていた豚肩ロースをメインにしたバーベキューセットを二人前頼んだ。

通された席は半個室になっており、ほかの客とは適度な距離がある。

蓮人が肉と野菜を手際よく鉄板に載せて、焼けたものを皿に取り分けてくれた。

「うん、美味い！　よさそうな宿はとったけど、食事までは事前に調べられなかったんだ。だけど、ここへ来て正解だったな。料理は美味いし、眺めもいい。計画的な旅行もいいけど、たまには行き当たりばったりの旅もいいものだな」

食欲旺盛な蓮人を見て、夏乃子も空腹を感じた。熱々の肉に息を吹きかけて、口に入れる。噛むと思いのほか柔らかくて、口いっぱいに肉の旨味が広がる。

「ほんとだ。すごく美味しい」

思わず感嘆の声が出て、目を丸くする。

東京を離れて二カ月になるが、食事はほとんど自炊かスーパーマーケットのお惣菜などで、外食は数えるほど。毎日出かけていたし、日常的に会話もしていたけれど、思えばこうして誰かと食事をするのは久しぶりな気がする。

しかも相手は、以前とまるで変わらない笑みを浮かべている蓮人だ。

普通なら違和感を覚えるところだが、なぜか自然に受け入れてしまっていた。

戸惑ってはいるけれど、彼がそばにいるだけでホッとするのは今も変わらない。

けれど、以前ならすぐに手を握ったり肩を抱いたりしていた彼が、そうしないところをみると、蓮人もそれなりの心づもりで会いに来たのだとわかる。

（前と同じように接するわけないじゃない。だって蓮人は、私が雅一や「簗島商事」の件を知ってるってわかっているんだから――）

彼は八重を通じて、事件の解決と雅一の無実を伝えてきた。

どんな経緯で自分がついた嘘や隠し事がバレた事を知ったのかはわからないが、蓮人にもいろいろと思うところがあるはずだ。

だからと言って、わざわざ自分を探し出してまで会いに来た理由はなんだろう……

考えれば考えるほどわからない事が増えていくが、蓮人の笑顔を見ているうちに、気持ちが落ち着いてきた。

（少し痩せた？　七時間も車を飛ばして、疲れてるせいかな）

時間的に考えて、ろくに休憩も取らないで来たのではないだろうか？

出会った当初から、彼には驚かされっぱなしだ。

二カ月ぶりに再会し、少し冷静になった頭で今の状況を考えてみる。

すると、蓮人と連絡を断つに至ったいきさつが一気に頭の中に蘇ってきた。

つかれていた嘘や、隠されてきた真実。

それらを知った時の胸の痛みまで思い出しそうになり、座ったまま全身の血の気が引いていくような感覚に囚われる。

あれほど自分を傷つけた相手に、のこのこついていくなんて、どこまで自分は大バカ者なのだ。

蓮人がそばにいると、安心する？

それはとんでもない勘違いで、彼への未練がそう感じさせているだけだ。

だいたい、突然現れて何事もなかったみたいに笑顔で食事に誘うなんて、いったいどんな神経をしているのだろうか。

いくら蓮人を想う気持ちが残っているとしても、前と同じようにはいられない。

夏乃子はテーブルに手をつき、椅子から立ち上がった。

すぐそばに置いていた荷物を持って、無言のまま席を離れようとした。

去る前に食事の代金を払おうとバッグを探る。その際、ハンカチが床に落ちてしまう。

急いで伸ばした手に、蓮人の掌が重なる。

ハッとしてすぐに手を引っ込め、夏乃子は急いで拾い上げたハンカチをバッグの中に押し込んだ。

「夏乃子、待ってくれ」

呼び止められて、反射的に振り返った。夏乃子を見る蓮人の顔には、困惑と苦悩の色が浮かんでいる。

「私、もう帰らないと――」

夏乃子は席を離れ、店の外に出ようとした。

けれど、その腕を蓮人に掴まれる。

「ごめん。本当に、すまなかった……！　夏乃子が怒るのも無理はないし、もう俺の事なんて信じられないと思うが――」

「離して」

夏乃子は彼の手から逃れようとした。しかし、蓮人の手は、しっかりと夏乃子の腕を掴んで離そうとしない。

「ダメだ。俺は、もう二度と夏乃子を離さない。嘘をついた事も隠し事をしていた事も、本当に悪かった。だけど、頼むから、俺の話を聞いてくれ」

蓮人が声を絞り出すようにして、そう頼んできた。夏乃子の腕を掴む彼の手が、微かに震えている。

決して強く掴まれているわけではないのに、夏乃子はどうしてもその手を振り払う事ができなかった。

「……どうして、そんな事言うの？　だって、ぜんぶ嘘だったんでしょう？　私と出会ったのも、優しくしてくれたのも、愛してくれたのも、ぜんぶ――」

「嘘じゃない。俺は夏乃子を愛している。心から……俺のすべてをかけて愛してる！　それだけは信じてほしい。お願いだ……」

蓮人のもう片方の手が、夏乃子の肩に触れた。

行く手を阻むように前に立ちはだかられ、彼と向かい合わせになる。

真剣な目でまっすぐ見つめられ、夏乃子はどうしていいかわからなくなった。

「最初から、ぜんぶ説明するから、話をさせてくれないか？　もうぜったいに嘘はつかないし、夏乃子の質問にもすべて正直に答えるから」

大げさでも、芝居がかっているわけでもなく、真摯にそう訴えかけられる。

そんなふうに言われたら、また信じたくなる。

蓮人の言った言葉がぜんぶ本当であればいいのに……

そう願いながら夏乃子が頷くと、一瞬、固く目を閉じた蓮人が、大きく安堵のため息をついた。

「ありがとう、夏乃子」

レストランを出て車に戻り、今夜宿泊する宿に向かう。

そこは、指輪を捨てた岩場から車で三十分ほどの距離にある隠れ家的な旅館で、全室から海を臨む事ができる。

受付を済ませてそれぞれの部屋に入ったあと、夏乃子は座卓に置かれた茶櫃を開けてお茶を淹れた。

もうじき、蓮人がここに来る。どこか別の場所に移動してもよかったが、落ち着いて話をするにはどちらかの部屋のほうがいいと思ったのだ。

ほどなくして彼がやってきて、座卓を挟んで向かい合わせに座る。

お茶を勧めると、蓮人が礼を言って、それを一気飲みした。それからすぐに立ち上がると、座卓のこちら側に来て正座をし、夏乃子に向かって深々と頭を下げた。

「本当に申し訳なかった。俺が、ぜんぶ悪い。夏乃子を傷つけるつもりは、本当になかったんだ。だけど、結果的にそうなってしまったのは、俺の人生最大のミスだ」

常に威風堂々（いふうどうどう）としていた蓮人が、頭を低くして謝罪している。

その様子を見て、夏乃子はいたたまれない気持ちになった。

「顔を上げて、話を聞かせて」

夏乃子は座っていた和座椅子を横に押しのけ、自分も彼と同じように正座をした。

静かに居住まいを正した蓮人が夏乃子を見つめ、一呼吸置いたのちに話し始めた。

「神崎さんが夏乃子のアパートに行った話を、福地さんから聞いたよ」

「八重から？」

「ああ。まず断言するが、俺は夏乃子を裏切るような事は、ぜったいにしていない。彼女が言った俺の女性関係の話は、すべて嘘だ。俺がホワイトデーにプレゼントしたランジェリーの件も、事実じゃない」

蓮人はあれを、親しい男友達が経営するインポートのランジェリーショップで購入したと言った。

神崎は蓮人の同僚弁護士からその話を聞き、わざわざその店に行って、同じものを手に入れたようだ。

「その件についても、大いに問題があるが、彼女は重大な守秘義務違反を犯した。幸い『簗島商事』側には被害が出ていないが、パラリーガルとして許されざる行為だ」

神崎は蓮人から追及されて、「簗島商事」に関する資料を持ち出した事を認めた。そして、それを利用して蓮人から夏乃子を遠ざけようとした事も白状したようだ。神崎はすでに事務所から解雇する決定がなされており、本人も納得しているらしい。

「簗島商事」にも情報漏洩(ろうえい)について報告済みで、今後については後日話し合いの席が設(もう)けられるという。

「もしかして、契約解除になったりするの？」

「そうなる可能性が高いだろうな」

「そんな……。私が神崎さんに言われた事を八重に話したりしたから――」

「夏乃子は悪くない。それに君は、肝心な事は福地さんに話していなかったじゃないか。どのみち、事務所のパラリーガルが守秘義務違反をした時点で、責任は負わなければならなかったんだ」

蓮人が毅然(きぜん)とした口調でそう言い切った。

「もしかして、私の居場所も八重から聞いたの？」

「そうだ。夏乃子が指輪を処分するためにあの場所に行ったと、彼女から聞いた。でもそれは、俺がしつこく拝(おが)み倒したからだ」

蓮人の事を、夏乃子に嘘をついて騙(だま)したとんでもない男と思っていた八重だ。

いくら恩のある敏腕弁護士でも、彼女の協力を得るのは容易ではなかっただろう。

八重にしても、よくよく考えた上での判断だったに違いない。

「福地さんには、辛い立場を強いる事になってしまって、申し訳なく思ってる。だけど、夏乃子の誤解を解くには直接会って話すのが一番いいと思ったんだ。俺が本気で夏乃子を探していると理解してくれた彼女のおかげで、今、こうして俺は夏乃子に会えている」

夏乃子が頷くと、蓮人の口元に、ほんの少し笑みが浮かぶ。

それだけで、彼が本気で夏乃子を見つけられた事に安堵し、再会を心から喜んでいるのが伝わってきた。

心が、激しく揺さぶられているのを感じる。

東京を離れて以来、事あるごとに蓮人を思い出し、結局は忘れる事はできないと割り切った。

こうして顔を合わせてしまうと、いやが上にも、また彼に気持ちを持っていかれてしまいそうになる。

「最初から説明すると、はじめて文房具店で夏乃子と会ったのは、本当に偶然だ。俺が試し書き用の紙を持ってうろついていたのも、夏乃子が俺のシャツにインクの染みをつけたのも、デートに誘ったのも、夏乃子と戸川雅一との関係を知る前の事だ」

そんな事があるだろうか？

話す蓮人の顔は真剣そのもので、嘘をついているようには見えない。

彼と会った文房具店は、知る人ぞ知る人気店であり、万年筆を普段から愛用している人が集う場所だ。

ともに万年筆の愛好者だから、ぜったいにありえない出会いではない。けれど、それでも二人が同じ日の同じ時間にあの店で居合わせる確率を考えると、容易には信じられなかった。

「はじめて夏乃子を見た時、この子はどうして今にも死にそうな顔をしているんだと思った。何か大きな物を抱え込んで思い詰めているのだとわかったし、なんだか放っておけない気がした。だから、シャツをだしにして夏乃子をデートに誘ったんだ」

「死にそうな顔って……」

「実際、ナンパなんて、俺らしくない事をしている自覚はあった。それでもどうしても、このまま別れたくないと思ったし、デートの途中で夏乃子の泣き顔を見て、ものすごく心を揺さぶられた。夏乃子の笑う顔が見たいと思ったし、何をしても手に入れたいと思った。だから家に誘ったんだ」

蓮人が言うには、彼は祖父から受け継いだあのマンションに女性を呼んだ事はなく、夏乃子がはじめてだったようだ。

しかし、言うだけならなんとでも言えるし、夏乃子には彼の言葉の真偽を明らかにする事はできない。

まして蓮人は、ハイスペックで優しく思いやりのある美男だ。彼がその気になれば、たいていの女性は意のままにできるだろう。

あれこれと思い惑う夏乃子に、彼は変わらない真摯（しんし）な態度で、さらに訴えかけてくる。

「もちろん、軽い気持ちで誘ったわけじゃないし、どうにか夏乃子との仲を深めたい一心だった。一度触れたらもっと触れたくなったし、離したくないと思った。あの時の俺は、自分でも驚くくらい必死だったよ。どうしても夏乃子を手に入れたくて、何がなんでも夏乃子の恋人になりたくて——」

「どうして私なの？　蓮人なら、もっと高望みできるのに、なんで私にこだわるの？」

その疑問は夏乃子が彼と恋人同士になってからも、頭の片隅でずっと思い続けてきた事だった。惚れた腫れたは理屈でないとはいえ、蓮人ほどの男がどうして自分を、と思ってしまう。

そんな疑心があったから、神崎によって蓮人が嘘をついていると知らされた時、妙に腑に落ちてしまったのだ。

「高望み？　俺にとっては夏乃子が唯一無二にして最高なのに、それ以外の女性を望むわけがないだろう？　だから、デートの時に雅一さんの事を聞いて、心底驚いたし困った事になったと思ったんだ」

蓮人の話によると、彼はその時はじめて、夏乃子が「築島商事」の架空請求事件の調査対象者とかかわりのある人間だと知ったのだという。

蓮人の話が本当であれば、二人は驚きの偶然によって出会い、今ここにいるというわけだ。

「まさかとは思ったけど、社名を聞いて間違いないと確信した。立場上、依頼案件の関係者に近づくのは好ましくない。でも、そうとわかった時には、もう手遅れだった。夏乃子を本気で好きになっていて、気持ちを抑える事ができなかったんだ」

せっかく自分なりに落としどころを見つけて、前に進もうとしていたのに、またしても感情を大きく揺さぶられるような事を言われた。

心は早くも蓮人を信じたがっており、彼の言う事がぜんぶが本当であってほしいと願っている。

夏乃子は強いて冷静になろうと努め、座卓の上に載っている湯呑み茶碗を取って、お茶を飲んだ。

「正直に言えば、夏乃子から事件について、何かしら情報が得られるかもしれないと思った事はある。だけどすぐに、夏乃子は事件とはなんのかかわりもないってわかった」

「どうして？」

「仕事柄、たくさんの人を見てきたからね。やましい事をしている人や、隠し事をしている人を見るとピンとくるんだ」

蓮人は有能な弁護士であり、それについては彼の言い分も当然だ。

だからといって、蓮人が話してくれた話をすべて信じるわけではない。

本当に、ぜんぶ偶然だったのだろうか？

雅一と付き合っていた夏乃子と彼を調べていた蓮人が、たまたま会って恋人関係になる確率は、かなり低い。

疑心暗鬼になりそうだが、蓮人はもうぜったいに嘘はつかないと誓ってくれた。

騙され、嘘をつかれた身ではあるけれど、彼の人柄を知っているだけに、この期に及んで蓮人が嘘をつくとも思えなかった。

「本当は、もっと早い段階でぜんぶ話してしまいたかった。だけど職務上、それだけはできなかった。せめて、夏乃子が雅一さんとかかわりのある人物としてリストアップされていない事だけでも先に伝えられたら、俺が捜査目的で夏乃子に近づいたんじゃないってわかってもらえたんだが——」

「え？　私の名前はリストに載っていなかったの？」

「リストは、雅一さんの友人や同僚からの情報を得て作られたものだった。だから、夏乃子から話を聞いた時は、とても驚いたよ」

思い返してみれば、夏乃子は雅一から友人や同僚を紹介された事はなかった。すっかり婚約者の気分でいたのに、実際は彼の会社の同僚や友人に存在すら知られていないほど軽い存在だったわけだ。

雅一の両親に挨拶（あいさつ）に行ったのは、いったいなんだったのか——

彼らは早く息子に結婚してほしかったようだし、もしかすると二人を安心させるためのパフォーマンスだったのかもしれない。

いずれにせよ、雅一は夏乃子と本気で付き合っていたわけではなく、当然結婚する気もなかったという事だ。

「彼のご両親は、事件の事はご存じなの？」

「いや、雅一さんのご両親にはいっさい連絡をしていない」

容疑が確実になっていたら、二人への聴取もやむを得ない。けれど、ただでさえ息子を亡くして悲嘆に暮れている二人に、余計な心労をかけたくないという蓮人の判断によるものだったらしい。

「ずっと気になっていたから、それを聞いて安心したわ。お二人とも、とてもいい人だから、何も知らないまま事件が解決して、本当によかった」

「俺も、そう思うよ」

蓮人が、言葉少なに同意する。

おそらく、雅一の両親とは二度と会う事はないだろう。もし連絡が来たとしても、指輪についての事実は言わないでおくつもりだ。

二人の顔を思い出しながら、夏乃子は夫婦のこれから先の人生が、穏やかなものである事を心から願った。

その時、ふと思い浮かんだ疑問を蓮人に投げかける。

「でも、神崎さんは、アパートに来た時に、雅一の事を私の元カレですよねって聞いてきたわ」

だからてっきり、「スターフロント法律事務所」の人達は、自分を雅一とかかわりのある人物として認識しているものだと思っていたのだが……

「それについても、神崎君の解雇理由になっているんだが、彼女は俺のデスクの鍵を専門の技術を持つ知人に頼んで開けさせ、そこにあった夏乃子に関する個人的なデータを盗み見ていたんだ」

データには、蓮人が夏乃子と雅一のかかわりを知り、新たに調べ直した資料が保存されていた。

「神崎さんが事務所に侵入して、俺のデスクの鍵を開けてデータを盗み見ている様子は、すべて部屋の防犯カメラに映っていた。事務所内には以前からカメラが設置されていたんだが、神崎さんは社歴が浅いから、それを知らなかったんだ」

「そうだったのね……」

「とにかく、俺は調査のために夏乃子を利用しようなんて思った事はないし、事件への関与も疑っていなかった。雅一さんの潔白が証明された時は、これで心置きなく夏乃子にプロポーズできると思って、すごく嬉しかった」

「プ、プロポーズ!?」

思いもよらない言葉に驚き、つい大きな声を出してしまった。聞き間違いかと思い、改めて蓮人の顔を見ると、彼ははっきりと首を縦に振った。

「そうだ。なのに、その時にはもう、夏乃子は俺の前から姿をくらましていた。本当は、すぐにでも夏乃子を探しに行きたかったが、何か理由があっての事だと思って、まずはその理由を知るのが先だと判断したんだ」

蓮人がテーブルの上に置かれた茶櫃の前に行き、新しく二人分のお茶を淹れた。彼はお茶を一口飲み、改めて夏乃子の前に正座する。

「夏乃子に関しては、すべてがイレギュラーだった。君を前にすると、気持ちが先走って抑えが利かなくなった。こんな事ははじめてだったし、どうしようもなく夏乃子が欲しくて、強引に迫ったりして――」

蓮人とのキスや熱い抱擁の記憶が、頭の中に蘇ってくる。

それを誤魔化すように、夏乃子は蓮人が淹れてくれたお茶に手を伸ばした。

確かに、蓮人は時折強引だったけれど、嫌ではなかった。むしろ、そうでなかったら、自分はもう一度恋愛をしようとは思わなかっただろう。

それにきっと、彼は夏乃子が拒めばやめてくれていたはずだ。

「俺は夏乃子を悲しませないと言ったのに、実際は真逆の結果を招いてしまった。それに、どんな理由があろうと、俺が夏乃子に秘密を持ち、嘘をついていたのは事実だ。……それでも、夏乃子を愛してる。許してもらえるなら、もう一度恋人として付き合いたい。すぐに答えが出せないというなら、いつまででも待つ覚悟はできている」

まっすぐに見つめられながらそう言われ、茶器を持つ手が微かに震えた。

もし彼が強引に追ってきていたら、どうしていいかわからず、今も逃げ続けていたかもしれない。けれど、蓮人は夏乃子の安否を八重に確認しながら、無理に追わずにいてくれた。そして、すべてを明かした上で、夏乃子が答えを出すのを、いつまででも待つと言ってくれている。

「俺は明日の夕方には、東京に向けて出発しなきゃならない。本当は明々後日まで休むつもりでいたんだが、今朝同僚の弁護士から連絡があって、どうしても外せない仕事が入ってしまったんだ」

それは明後日の朝イチに出かける必要がある仕事だが、そのための準備が必要で、明日の夜までには帰京して取り掛からねばならないようだ。

「だけど、俺の気持ちは、夏乃子のそばに置いていくよ」

気持ちを込めた目で見つめられて、またしても激しく心を揺さぶられる。

『弁護士だって、プライベートでは嘘をつく事だってある。もちろん、無益な嘘はつかないし、相手を思ってつく嘘だ』

かつて蓮人は、夏乃子にそう言った。

今思えば、あの時の彼は、その言葉にいろいろな思いを込めていたのだろう。

「ちゃんと話してくれて、ありがとう」

夏乃子は蓮人に向かって頭を下げ、顔を上げて彼の目をまっすぐに見つめた。

「一晩、一人で考えさせてもらってもいい?」

「もちろんだ。……だけど、何も言わずにいなくなるのは――」

「大丈夫。それはしないって約束する」

蓮人が部屋を出ていき、彼を見送った夏乃子は、一人窓際に佇(たたず)んだ。

突然の展開に心はまだ混乱していて、迷ってもいた。

けれど、同じ宿の中に蓮人がいる。

そう思うだけで、こんなに安心するとは思わなかった。

夏乃子は少し遠くに見える海を眺めながら、心が少しずつ凪(な)いでいくのを感じるのだった。


翌日の朝、夏乃子は蓮人にメッセージを残して、一足先に民宿を出発した。

時刻は午前五時を少し過ぎたところで、ついさっき日が昇り始めたばかりだ。

来た時は電車で五時間近くかけた道のりを、タクシーを飛ばして二時間で帰る。

行き先は、今住んでいるマンスリーマンションだ。

一晩もらったけれど、答えは思いのほかすぐに出た。

蓮人と、ずっと一緒にいたい――

彼なしでは人生はまた色を失うし、蓮人がいてくれるからこそ今の自分がある。

本当は蓮人と夜を過ごしたかったが、考えさせてくれと言った手前、ばつが悪すぎてそうできなかった。

それに、自分には、まず何よりも先にやらなければならない事がある。夜中にそう思いついて、朝早くから行動を起こしていた。

（だからって、もうちょっと段取りよくできなかったの？）

タクシーの後部座席で、夏乃子は顔をしかめ、頭の中で自分を責める。

いや、急な事だから、バタバタしてしまうのは、ある程度仕方がない。

蓮人は今日の夕方には、東京に向けて出発しなければならないのだ。彼と一緒に帰るためには、蓮人が帰途につく時間までに、今のマンションを引き払って荷物をトランクルームに送らなければならなかった。

そうでないと、彼と一緒に東京に帰れなくなってしまう。

夏乃子は、蓮人とともに東京に帰りたいがために、今こうしてマンションに向かっているのだ。

蓮人に残したメッセージには、まだ自分が立てた計画を明かしていない。

ただ今日の午後三時、指定した場所で待ち合わせをしたいという旨と、そこの住所を書いて、彼が朝起きたら渡してくれるよう客室係に頼んできた。

時間的にかなりハードだが、もう一日たりとも蓮人から離れていたくなかった。

マンションに到着するなり、夏乃子は部屋の中を片付け、荷物をまとめながら不動産会社に退去の連絡をする。

もともと持ってきているものは僅かだし、片付けにはさほど時間はかからなかった。

けれど、不動産会社に連絡を入れ、あちこちに電話をしたり検索をしたりしているうちに、気がつけばスマホの充電が切れそうになっている。しかも、あわてるあまりどこかにしまい込んだ充電器を見つける事ができない。

「もう、何やってんのよっ！」

なんとか、無事荷物をトランクルームに送る事はできたが、途中解約のための手続きに思いのほか時間がかかり、すべての用事を終えられないまま時間切れになってしまった。

今すぐ待ち合わせ場所に向かわなければ、午後三時に間に合わなくなる。いずれにせよ、今日蓮人と一緒に帰京する事はできなくなった。

こうなっては仕方がないと割り切り、急いで待ち合わせ場所に向かう。

そこは、マンションから三キロの距離にあり、「全国遊歩百選」にも選ばれている竹に囲まれた遊歩道だ。

東京に帰る前に、是非ともそこを訪れたいと思って待ち合わせ場所としたのだが、微妙に距離があり、またタクシーを飛ばす羽目になった。

タクシーを降りたのが午後二時五十分。

夏乃子は急いで待ち合わせ場所である遊歩道の入り口に向かう。

目の前には竹の生い茂る道があり、ドキドキしながら蓮人が来るのを待つ。

しかしそこで、突然ハタと気がついて、辺りをきょろきょろと見回した。

「……ここ、南の入り口だ。もしかして蓮人は、北の入り口で待ってるなんて事は……」

メッセージには遊歩道の場所は書いたが、どちらの入り口か指定しなかった。

今思えば、それを決めずに待ち合わせをするなんて、おおざっぱすぎる！

急いでバッグからスマートフォンを取り出し、画面をタップする。

案の定、蓮人から何通かメッセージが届いており、開けてみると北と南のどちらで待ち合わせをするのか聞いてきていた。

「あ！」

返事をしようと画面をタップした時、ギリギリ残っていたバッテリーが切れた。

暗くなった画面を前にして、夏乃子は自分の間抜けぶりに地団太（じだんだ）を踏む。

（私の大バカ者！）

夏乃子はスマートフォンをバッグにしまうと、心の中で蓮人の名前を呼びながら、北の入り口に向かって走り出した。

しかし、すぐに立ち止まり、バッグに入れっぱなしにしていた腕時計で時間を確認する。

時刻は午後三時ちょうどだ。

もし、蓮人が南の入り口に来ようとしているなら、行き違いになる。

夏乃子は、頭の中で自分をののしりながら、さらに五分間待った。それから、北の入り口に向かって大急ぎで走り出す。

幸い履き慣れたスニーカーだし、服装も身軽なコットン生地のワンピースだ。けれど夏乃子は俊足ではないし、頑張って走っても七、八分はかかるだろう。それでも、じっとして動かずに待ってなんかいられない。

必死に走っているうちに、左手に竹に囲まれた小さな公園が見えてきた。ちょうど道の半ばくらいだと思いながら通り過ぎようとした時、ふと見たベンチに誰か腰掛けているのに気づいた。

ネイビーのジャケットに白いパンツを合わせているその人が、夏乃子に向かって大きく手を振る。

「夏乃子！」

名前を呼ばれて、夏乃子はすぐさま方向転換をして声の主のほうに走り出した。

「蓮人！」

すでに蓮人もこちらに向かって駆け出しており、あっという間に二人の距離が近くなる。ぶつかる寸前まで走り続ける夏乃子を、蓮人が両手を広げて待ち構えている。

足がもつれて前のめりになった身体を力強い腕に抱き留められ、その勢いのまま二人してぐるりと一回転した。

「れ……蓮……、ごめ……わ、私……」

息が切れて思うように話せない。喘ぐ夏乃子の背中を、蓮人が優しくポンポンと叩いた。

「よしよし……会えたんだから、もう大丈夫だ」

夢中で走りすぎて、脚がガクガクする。

蓮人に連れられて彼が座っていたベンチまで行き、並んで腰を下ろした。差し出されたペットボトルのお茶を飲み、ようやく一息つく。

だんだんと呼吸が整ってくるにつれて、恥ずかしさが込み上げてきた。しかし、気を遣ってくれているのか、蓮人は夏乃子の失態を責める様子もなく、周りの景色を楽しんでいる。

「いいところだな。竹の葉が風になびく音が聞こえて、すごく落ち着くよ」

蓮人が頭上を覆うように茂っている竹の葉を見上げて言う。

その横顔に目を奪われながら、夏乃子は彼に巡り合えた幸せをしみじみと感じていた。

「この辺りって、『竹取物語』のゆかりの地なの」

夏乃子はとある女性誌の記事を書くためにここを訪れ、結局そのまま居続けてしまったいきさつを話した。

その流れで、待ち合わせ場所をきちんと決めなかった事を詫びつつ、スマートフォンのバッテリーが切れてしまった事も説明する。

「朝から忙しくしてたし、充電器が行方不明になったものだから――」

「そうか。宿の人に聞いたけど、日の出前に宿を出発したんだろう？　朝早くからどこに出かけていたんだ？」

蓮人が不思議そうに訊ねてくる。

夏乃子は、もじもじしながら自分が立てた計画を話し、ここへ来るまでマンションを退去する作業に追われていた事を明かした。

すべてを聞き終えた蓮人が、目を大きく見開いて夏乃子を見る。その表情には、隠し切れない喜びが表れていた。

「つまり、夏乃子は俺と一緒に東京に帰るために、早起きしていろいろ頑張ってくれてたって事か？」

「……うん」

「それが、夏乃子の出した答えなのか？　……俺から離れずにいてくれるって事でいいんだな？」

「……はい、そうです」

「ありがとう、夏乃子！　俺は世界一――いや、宇宙一の幸せ者だ！」

「ちょっ……蓮人っ……人が聞いてるから」

たまたま公園の前を通りすがった中高年の男女グループが、蓮人の大声に驚いてこちらを振り返った。

夏乃子は、あわてて目をそらしたが、蓮人はまるで気にする様子がない。

「別に聞かれても構わないよ。ああ……よかった。待つ覚悟はできているとは言ったけど、本当はずっとドキドキしっぱなしだったんだ。そのせいで、寝たのは明け方近くで、起きた時には夏乃子が宿を出て三時間も経っていた」

夏乃子も昨夜はなかなか寝付けず、何度も寝返りを打ちながら、ようやく眠れた感じだ。

「でも、結局間に合わなくて……。だから、今日は一緒に帰れないの」

予定では、内緒ですべてを終えて、さらりと一緒に帰京するつもりだった。けれど、実際はそう上手くはいかず、まだやる事が残っている。

しょんぼりする夏乃子の背中を、蓮人が優しく撫でながら顔を覗き込んできた。

「ふむ……あとは何が残っているんだ？」

「部屋の片付けがあと少しと、鍵の受け渡しよ」

「そうか。じゃあ、俺も一緒にそれをやる。それから、二人で一緒に東京へ帰ろう」

「でも、仕事は？　夕方には出発しなきゃならないんでしょ？　私に付き合っていたら帰るのが遅くなっちゃうわ」

「考えてみれば、別に車で帰る必要はないんだ。こっちで動くのに必要だと思って車で来たけど、帰りは飛行機にして、車はあとで運んでもらうか代行を頼んで運んでもらえばいい。むしろそのほうが、車より早く帰れるし運転しなくて済むから楽ちんだ」

代行サービスを頼めば、かなりの費用がかかるのではないだろうか？

夏乃子の心配をよそに、蓮人はさっそく今晩の飛行機のチケットを手配している。そのまま、車を東京まで運んでもらう段取りも済ませてしまった。

「よし。あとは、やるべき事をやって、一緒に飛行機に乗るだけだ」

ベンチから立ち上がった蓮人が、腰を上げようとした夏乃子に手を貸してくれた。

てっきり、そのまま公園を出るのかと思いきや、なぜか道をそれて別の奥まったベンチに連れていかれた。

「え？　マンションに行くんじゃないの？」

「その前に、ちょっとだけ――」

蓮人の腕に引き寄せられ、ベンチの左側に移動する。そこはちょうど竹藪(たけやぶ)の陰になっていて、並んで腰を下ろすなり蓮人に強く抱きしめられ、すぐに唇を重ねられた。

「ん、んっ……」

力強い腕に身体を締め付けられ、身動きが取れない。

強引なのに、彼の唇はこの上なく優しい。

甘く蕩(とろ)けるようなキスを続けるうちに、身体から徐々に力が抜けていった。

二カ月も離れていたのに、全身が蓮人を覚えている。

まるで磁石(じしゃく)のように引き寄せられ、身体中の細胞が彼を欲している。

自分がどれだけ彼を求め、恋しがっていたか、身に沁(し)みてわかった。

こんなにも、自分は蓮人を愛している――

蓮人の腕の中こそが自分のいるべき場所だと思い、愛しさに我知らず身を震わせて彼の唇に軽く噛みついた。

目を閉じて蓮人の腕に身を預けていると、徐々に時間の感覚がなくなっていく。

唇を離してもなお、キスの余韻に身体が熱く火照(ほて)っている。

とても静かで、サラサラという竹の音が抱き合う二人を包み込み、外の世界から隠してくれているみたいだった。

蓮人が夏乃子の頬を両手で挟み、今一度唇にキスをする。

彼は、にっこりと微笑むと、夏乃子を抱き寄せたままベンチから立ち上がった。

「さあ、そろそろ行かないと」

「え？　……うん」

蓮人に声を掛けられ、夏乃子はハッとして緩み切っていた表情を引き締める。

手を繋ぎ、並んで歩きながら、時折どちらともなく顔を見合わせて微笑み合う。

まずは、蓮人が車を停めた駐車場に行き、依頼した業者に車のキーを手渡す。そのあとは、夏乃子がやり残したマンションの引き渡し作業を進め、午後六時過ぎに不動産会社の担当者立会いのもと、退去手続きを終わらせた。

「蓮人、手伝ってくれてありがとう。疲れたでしょう？」

「俺は体力があるから、これくらいなんでもない。夏乃子はどうだ？　なんなら、タクシーの中で少し眠るといい」

彼の言葉に甘えて、マンションからタクシーで空港に向かう間、夏乃子は蓮人の肩を借りて少し眠らせてもらった。

思えばこの二カ月間、ずっと気を張って生活していた。

蓮人から距離を置きたくて東京を離れたのに、ふと気がつけば彼の事を思い出してしまっていた。

忘れようと思っても忘れられず、とうとう諦めて一生胸に想いを抱えたまま生きるしかないと思っていたのに、今、隣には蓮人がいてくれる。

もう寂しくないし、悲しくもない。

彼がそばにいてくれる安心感と心地よい車の揺れが、夏乃子をあっという間に眠りの世界に引き込んだ。

目が覚めた時は、空港に到着する寸前だった。

「ごめんね。私、ずっと寝ちゃってて……。退屈だったよね？　肩とか凝ってない？」

「平気だよ」

眉を下げて気遣う夏乃子の髪を、蓮人が微笑みながら指で整えてくれた。

空港に到着すると、寄り道する暇もなく搭乗口に急ぐ。

驚いた事に、蓮人が取ったのはファーストクラスだった。二つ並んだ席の窓際に座らせてもらい、ゆったりとしたシートにそっと背中を預ける。

「私、ファーストクラスってはじめてなんだけど」

小声で蓮人に打ち明け、ソワソワと辺りを見回す。

「仕事で乗った事はなかったのか？」

「うん。ビジネスクラスなら、何度か」

普段旅行関連の記事を書いている夏乃子だが、移動は車か電車が多く、飛行機に乗る頻度はさほど多くなかった。

「そうか。時間に余裕があれば、ラウンジでゆっくりできたんだが……それはまた今度だな」

「そうね」

緊張したまま返事をして、蓮人を真似てシートの周辺にある設備を触ってみる。

フリーライターの血が騒がないでもないが、今日のところは取材抜きで夜間飛行を楽しむ事にした。

シートベルトをして間もなく、飛行機が離陸した。

天気は良好で、上空は雲ひとつなく晴れ渡っている。

夏乃子はキャビンアテンダントと話している蓮人を尻目に、窓の外の遠ざかっていく地上を眺めていた。

キラキラと光る建物などの灯りが、小さな星を寄せ集めたように見える。

（綺麗だな……）

今後、海外にも取材旅行に行ってみたいけれど、日本にはまだまだ紹介したい美しい風景がたくさん存在する。それらを、国内だけでなく国外にも発信して、海外の人達にもっと日本のよさを伝えられたら――

（そういった本やサイトは、すでに世の中にたくさんあるけど、自分なりの切り口でいろいろと有益な情報を発信していけたら面白そう）

ふいの思い付きではあるが、ライフワークとして一度よく考えてみてもいいかもしれない。

（またひとつ、やりたい事ができたかも）

仕事の事は考えまいとしていたのに、気がつけば新しい未来に思いを馳（は）せていた。

その後、提供された食事を蓮人と楽しむ。

「さすがファーストクラス。すごく美味しい。特に、この鰆（さわら）のみそ焼き、身がふっくらで最高」

「それはよかった。食欲旺盛なのは、いい事だ」

感動して話している途中で、ふとキャビンアテンダントと目が合い、にっこりと微笑まれた。

はじめて飛行機に乗る子供みたいに思われたかも、と恥ずかしくなる。

テンションが上がっているのは、きっと隣に蓮人がいてくれるからだ。彼がそばにいるだけで、仕事もプライベートも前向きになれる。

素敵な空の旅と、極上の恋人。

夢のようなシチュエーションに酔いしれ、夏乃子は口元に笑みを浮かべながらシートの背もたれに身体を預けた。

「本当に素敵な空の旅だわ。私、きっとこの時間を一生忘れないと思う」

夏乃子が呟くと、蓮人が頷いて微笑みを浮かべる。

「俺も、ぜったいに忘れないよ」

蓮人がキャビンアテンダントを呼び、食後のシャンパンを頼んだ。

しばらくして、トレイを持ったキャビンアテンダントが二人連れで席にやってくる。一人がテーブルの上に二人分のシャンパンを置いてうしろに退いた。それと入れ替わるように、もう一人が前に進み出てきて、蓮人に花束を手渡す。

蓮人はそれを受け取るなり、夏乃子に向き直って飛び切り晴れやかな笑みを浮かべた。

「三時間ばかり早いけど、夏乃子——二十九歳の誕生日、おめでとう」

「え？　……あっ……私、誕生日だ」

いろいろありすぎてすっかり忘れていたが、明日は夏乃子の誕生日だった。キャビンアテンダントの二人が、にこやかに会釈して仕切りの向こうに去っていく。

まさか、空の上で祝ってもらえるとは思わず、夏乃子は驚きつつも嬉しさに破顔する。

「もしかして、忘れてたのか？　自分の誕生日だぞ？」

蓮人が呆れたようにふっと笑う。しかし、その顔には優しさと愛情が満ち溢れている。

「だって、それどころじゃなかったから……。ありがとう、蓮人。お花、すごく綺麗だわ。あれ……これって、もしかしてぜんぶ五月の誕生花じゃない？」

「そうだよ。すずらんにライラック、紫蘭にクレマチス――」

蓮人が花の名前を並べる間に、夏乃子は花束をいろいろな角度から眺めた。紫と白がメインの花束は夏乃子の好みにぴったりだ。

「すごく嬉しい。花束なんてもらうの、前に勤めてた旅行会社を辞めた時以来かも」

シャンパンで乾杯し、指先で頬を軽く撫でられる。思わず頬ずりしそうになったけれど、ほかの乗客もいる手前、顔を見合わせて微笑むだけにとどめる。

「喜んでもらえて、こっちこそ嬉しいよ。夏乃子……今回、夏乃子が急に俺の前からいなくなって、自分でもびっくりするほどうろたえた。夏乃子が俺にとって、どんなに大切で愛おしい存在か思い知らされた感じだった」

「蓮人……」

そう語る彼の目が、夏乃子だけを見つめている。さっきまでとは打って変わった神妙な顔をされて、夏乃子は居住まいを正した。

「俺の人生において、夏乃子ほど愛せる人はいない。夏乃子だけが俺の望みだ。もう、ぜったいにどこにも行かないでくれ。夏乃子がそばにいないと、寂しくてたまらないんだ」

蓮人がジャケットの内ポケットから長方形の小箱を取り出した。それを夏乃子に差し出し、再び口を開く。

「夏乃子、愛してる。一生かけて守るから、俺と結婚してほしい」

聞こえてきた言葉がにわかには信じられず、夏乃子は蓮人の顔と、手元に差し出された小箱を交互に見つめて訊ねた。

「え……今、なんて……」

「俺と結婚してほしいって言ったんだ。夏乃子と夫婦になって、生涯をともにしたい。もうぜったいに悲しませないし、生涯夏乃子だけを愛し続けると誓うよ」

夏乃子は目を大きく見開いて、蓮人を見た。彼の目には、嘘偽りのない愛情が宿っている。

昼間、蓮人はプロポーズをするような事を言っていた。

あの時は、驚いて大声を出してしまったが、さすがに半信半疑だったたし、もう忘れているものだと思っていた。

「夏乃子、俺のプロポーズを受け入れてくれるか？」

訊ねられて、即座に首を縦に振った。

「はいっ……もちろんよ！　……ありがとう、蓮人」

夏乃子が唇を震わせながら答えると、左側に座っている外国人らしい白髪の紳士が、小さく手を叩いてくれるのが聞こえてきた。

周りに迷惑をかけないようできるだけ声は抑えていたが、どうやら聞こえていたみたいだ。

紳士の背後に控えていた花束を持ってきてくれたキャビンアテンダントも、祝福するように拍手をしてくれている。

「ありがとうございます」

夏乃子は彼等に笑顔を向け、心からのお礼を言った。

万感の思いを込めて差し出された箱を受け取った夏乃子は、それを見てパチパチと瞬きをする。

「あれっ……この包装紙――」

見覚えのあるそれを開いて、出てきた箱の蓋を開ける。中には薄紫色の万年筆が入っていた。

「これって、あの店の品よね？」

あの店とは、もちろん二人がはじめて出会った時の文房具店の事だ。

「そうだよ。誕生日にこれを渡そうと思って、前から用意しておいたんだ」

蓮人が箱から万年筆を取り出し、夏乃子の掌の上に置いた。

「夏乃子をイメージして、特注で作ってもらったんだ。もちろん、インクも俺が作ったスペシャルブレンドだ」

あの店では、万年筆同様、頼めばインクも自分好みにカスタマイズできた。

よく見ると、万年筆にはすずらんの花模様が描いてある。

蓮人がポケットから小さなメモ用紙を取り出し、試し書きを促してきた。

「わぁ……綺麗な色！　すごく素敵……」

スペシャルブレンドされたインクは、万年筆の色と似た薄い紫色で、少しだけ青みがかっている。

ペン先は細く、夏乃子がいつも使っているのと同じで、少し引っかかる感じが心地いい。

「プロポーズだから、本来は指輪を用意すべきだけど、それは今度二人で一緒に行って選ぼう」

蓮人の嬉しい提案に、夏乃子は一も二もなく頷いた。

出会った当初から蓮人には驚かされっぱなしだが、まさか地上一〇〇〇メートル上空でプロポーズされるとは思ってもみなかった。

「プレゼントを気に入ってくれてよかったよ。ついでに、プロポーズも気に入ってくれたかな？」

「当たり前でしょ」

嬉しさが込み上げてきて、夏乃子は万年筆を持ったまま、蓮人の首に抱きついた。

「あっ、キャップ――」

うっかりキャップをし忘れていたのに気づき、急いで抱きついた腕を解く。

けれど、もうすでに蓮人の白いシャツの左肩に、薄紫色のインクの染みがついていた。

「ごめん。私ったら、また――」

謝りながら蓮人と顔を見合わせると、二人同時に噴き出して忍び笑いをする。

思いがけない偶然と必然が重なり、夏乃子は彼と出会い、愛し合う事になった。

抱き寄せてくる蓮人の左肩に頭を預けると、夏乃子は薄紫色の染みにそっと頬を寄せて笑みを浮かべるのだった。

梅雨になり、ここ数日しとしとと雨が降り続いている。

けれど、天気とは裏腹に、夏乃子の心は明るく晴れ渡っていた。

蓮人にプロポーズされた次の日、夏乃子は早々に彼のマンションに移り住んだ。

トランクルームに入れておいた荷物をマンションに運び入れ、その一週間後には区役所に婚姻届けを提出した。

その数日後、八重の事務所に入籍の報告をしに行ったら、「何その怒涛の展開！」と盛大に驚かれた。

八重は心から祝福してくれて、「私が恋のキューピッド役を務めた」と言って、鼻高々だった。

そんな彼女も、どうやら新しい恋人を見つけた模様だ。

フリーライターとしての仕事も順調に増えてきているし、自分でも仕事へのモチベーションが上がっているのがわかる。

ほんの半年前まで、喜怒哀楽を忘れたような生活をしていたのが嘘みたいだ。

実家の母親は、蓮人が改めて釘を刺してくれた事もあり、連絡は途絶えている。

兄と二人、それなりに暮らしていけている様子だし、このままお互いの平穏のために無干渉でいけたらいいと思う。

生きていれば、いろいろな事がある。

だからといって、自分の人生がこんなにもドラマチックになるとは思いもよらなかった。

そんな事を思いながら、迎えた月曜日。

「スターフロント法律事務所」を訪れた夏乃子は、蓮人の妻として皆に紹介してもらった。

その際、偶然、退職するにあたり荷物を取りに来ていた神崎と顔を合わせた。

自身のしでかした不祥事により解雇通告を受けた彼女は、今後法曹界で働く事は難しいだろう。

幸いな事に、話し合いの結果、「築島商事」は「スターフロント法律事務所」との顧問契約を続行すると決めたそうだ。

情報漏洩（ろうえい）という重大なペナルティはあったものの、契約以来様々な案件をスムーズに解決してきた蓮人の実績がものを言った結果だ。

蓮人に聞いた話では、一応神崎は、事務所の同僚達に迷惑をかけた事を謝罪したらしい。

しかし、当日は荷物を片付け終えるなり、誰とも目を合わせないまま無言で事務所を出ていってしまった。

彼女とはアパートで対峙して以来の再会だったが、結局今回の件で神崎から謝罪の言葉を聞く事はなかった。

振り返ってみれば、彼女にはだいぶ振り回されたし、しなくてもいい辛い思いもさせられた。しかし今となっては、それもこれも長い人生におけるスパイスのようなもの——そう思えるほど、今の夏乃子は心に余裕ができていた。

春が過ぎ、夏を経て秋になり、季節はまた冬になった。

夏乃子が蓮人と出会ってから、もうじき一年。そして結婚してからだと、ちょうど半年になる。

蓮人と人生が重なった事で、夏乃子は本来の自分を取り戻す事ができた。

衣食住への興味が完全復活し、今では旅行関連のものに次ぐ勢いでライフスタイルについての記事を書き、着々と仕事の幅を広げている。

一方、蓮人はといえば、結婚して人間的な深みが出てきたと評判らしい。同僚達はもちろん、クライアントからの信頼もますます厚くなってきているようだ。

弁護士兼経営者としての手腕にも磨きがかかり、事務所拡張に伴って新たに弁護士を二人とパラリーガルを三人増員した。

その際、私物化していた事務所の七階を明け渡し、今では残業してそこに泊まる事はなくなっている。それどころか、結婚後は、できる限り残業なしで帰るように心掛け、経営者自ら、率先して職場環境の改善を進めている様子だ。

夏乃子達夫婦の仲は、半年経った今も変わらず良好で何も言う事はない。

二人は結婚以来、予定を合わせてあちこちに出かけるようになっており、今日も蓮人が懇意にしている地方の窯元(かまもと)に来ていた。

目的は、日常的に使う皿を作る事。

酒を注(つ)ぐための片口は、形を作るのが難しい。

それは経験者の蓮人に任せて、初心者の夏乃子は二人分の料理が載せられる大皿を作っていた。

「夏乃子、寒くないか？　やっぱり、もっと暖かい時期に来ればよかったんじゃないかな？」

蓮人が心配そうに、背後から顔を覗き込んでくる。

「でも、早く大皿が欲しかったんだもの。それに、今の時期ならお客さんも少ないから、じっくり作業ができそうだったから」

窯元の社長に教わり、蓮人からアドバイスを受けながら、夏乃子はせっせと土を捏ねる。どうにか皿の形にしたものを、係の人に託して今日泊まる宿に向かった。

今回の旅は、ずっと来たかったが、二人のスケジュールがなかなか合わず、ようやく実現したものだった。

せっかく来たのだから、夏乃子はいつか記事を書く時の事を考えて、半分仕事モードだ。

「どのくらいで出来上がるの？」

「だいたい二カ月くらいかかるかな。焼き上がったものは、直接ここに取りに来てもいいし、頼めば家に郵送もしてくれる」

「そっか。割れないでちゃんと焼き上がるといいな」

車で窯元からそう遠くない宿に向かい、チェックインを済ませる。どっしりとした和の趣がある館内には、地元の陶芸家の作品がところどころに展示されていた。

部屋の窓からは広々とした日本庭園が見えるし、周りはとても静かだ。

宿自慢の料理を堪能したあと、蓮人は大浴場に向かい、夏乃子は部屋で今日見たり聞いたりした事を記録に残す作業に取り掛かる。

プライベートに極力仕事は持ち込みたくないが、心が躍るような経験は、つい記事にして大勢の人に教えたくなってしまうのだ。

（だって、蓮人と行くところって、どこも興味深いし楽しいんだもの）

今日撮った写真を整理していると、蓮人が大浴場から帰ってきた。

湯上がりの彼は浴衣（ゆかた）姿で、髪の毛がまだ少し濡れている。

夏乃子はいそいそと蓮人に近づき、座卓に腰を下ろす彼の髪の毛を乾いたタオルで拭き始める。

「おかえり。お風呂どうだった？」

「すごくよかったよ。明日の朝、男湯と女湯が入れ替わるから、また偵察がてら行ってくるよ。さて、一休みしたら、一緒に部屋風呂に入ろう」

部屋には温泉かけ流しの露天風呂がついており、湯船から旅館の中庭を見渡す事ができた。

風呂の周囲は全面ガラス張りだが、ほかの部屋とは離れているし、竹垣があるから外から見られる心配もない。

しばらくして、蓮人が先に浴室に向かった。少し遅れて夏乃子が浴室を覗くと、蓮人が陶器でできた浴槽の中から手招きをしてきた。

身体を包んでいたバスタオルを解き、軽く掛け湯をした夏乃子は、蓮人の手を借りながら湯の中に入る。

楕円形の浴槽は、陶器ならではの滑（なめ）らかな肌触りだ。蓮人の頭のうしろには、このあたりのシンボル的存在でもあるタヌキの顔がある。

「ぷっ……。面白い」

まるでタヌキのお腹の中のような浴槽に、身を寄せ合って浸かる。

「ちょっと狭いけど、部屋風呂もいいな」

「そうね。それに、すごく楽しいわ。蓮人もいるし、もう最高……」

横を向くと、すぐに蓮人が唇にキスをくれた。

舌を絡め合わせたあと、どちらともなくクスクスと笑い出す。

彼と夫婦になってからの夏乃子は、よく笑うようになった。それは、自分でもはっきり自覚しているし、それが蓮人の影響である事は間違いない。

振り返ってみれば、生まれてから今に至るまで、いろいろな事があった。

かなり辛い時期もあったが、今は蓮人がそばにいてくれる。

彼の屈託のない笑顔に、これまでどれほど救われてきただろうか。

夏乃子は蓮人とともにいられる幸せをしみじみと感じながら、彼の肩に頭を預けてにっこりする。

「お腹、だいぶ膨らんできたな」

結婚して二カ月経った頃、夏乃子のお腹に夫婦の愛の結晶が宿った。

今は妊娠五カ月目で、出産予定日は来年の春だ。

二人とも子供ができる事を心から望んでいたし、いつできてもいいと思っていた。

だから、妊娠がわかった時は、夫婦ともども上を下への大騒ぎになった。

まだ性別は不明だが、蓮人はすでによきパパになるべく妊娠出産の専門誌を買い込んで、勉強に励んでいる。

「そうね。あ……今、タヌキみたいなお腹だって思ったでしょ」

夏乃子は、蓮人が背後のタヌキの顔をチラリと見たのを見逃さなかった。指摘すると、蓮人はにんまりと笑いながら、澄まし顔をする。

「俺は、夏乃子がタヌキになっても愛してるよ。むしろ、妊娠中の夏乃子が魅力的すぎてクラクラしているくらいだ」

蓮人がタヌキの顔に、頭を寄りかからせて目を閉じる。

「え……ちょっと、蓮人？　大丈夫？」

苦しそうに眉間に皺を寄せる蓮人を見て、夏乃子はあわてて彼のほうに身体を向けた。

ここのところ仕事が立て込んでいたから、無理が生じたのではないか？

彼の額に手を当てるが、湯船に浸かっていては熱があるかどうかの判断などできようもない。

「もう出よう？　立てる？　ほら、私に掴まって――あんっ！」

湯船から出ようとした胸元を、蓮人に抱き寄せられて、かぷりと乳房を食まれた。

目を向けると、蓮人が目を三日月形にして微笑んでいる。

「もう！　蓮人ったら、心配したじゃないっ……ん、んっ……」

乳房を離れた蓮人の唇が、夏乃子の唇に移動してきた。優しく身体を抱き寄せられて、立ち上がろうとした脚から力が抜ける。

湯の中で浮いた身体を横抱きにされ、そのまま部屋まで連れていかれた。

途中、バスタオルで胸から下をくるまれ、畳の上に降ろされたあと全身を丁寧に拭いてもらう。

「お風呂……入ったばかりなのに……」

「たったあれだけの時間でも、夏乃子が綺麗すぎて、のぼせそうになったんだから仕方ないだろう？」

「また、そんな事言って……贔屓目がすぎて笑っちゃう」

「贔屓目でもなんでも、俺には今の夏乃子がヴィーナスに見える」

蓮人が夏乃子の身体を、奥の間に敷いてある布団の上に仰向けに寝かせた。

部屋は十分に暖かいが、彼はすぐに布団を背負うと、夏乃子の上にゆっくりと覆いかぶさってくる。

ヴィーナスといえば、数多くの絵画や彫刻のモチーフとされているが、その身体は柔らかな曲線を描いており、どちらかといえばふくよかで肉付きがいい。

豊穣の象徴でもあると言われているから、それも納得だし、妊娠中の今は体型が崩れてもそれが当たり前だ。

でも、ちょっとだけ引っかかる。

「それって、タヌキみたいなお腹をしたヴィーナスって事？」

夏乃子が唇を尖らせていると、その先端にキスをされた。

「可愛いな……。綺麗で、神々しくて、美しくて、愛おしい――」

お腹に夫婦の赤ちゃんが宿ったとわかってからの蓮人は、いつにもまして穏やかで思いやりに溢れている。

妊娠前は獰猛な野獣よろしく求めてきていたのに、今は真面目で従順な成犬のように自分を律し、コントロールしている。

今だって、そうだ。

首筋を下りる唇は、この上なく優しく、乳房を覆う掌には強引さなど微塵もない。

「好きだ……愛してるよ、夏乃子」

その割には、愛を囁く声が痺れるほどセクシーで、聞くだけで腰砕けになってしまいそうだ。

妊娠中は性的な欲求が減退する人と、逆に旺盛になる人がいるらしい。

どうやら、夏乃子は後者であるようで、こうも焦らすように迫られては我慢などできなかった。

「蓮人、私も愛してる。だから、もっと蓮人と触れ合いたいの。いいでしょ？　だってもう、安定期に入ったんだし――」

もちろん、妊娠中の激しい交わりはご法度だが、蓮人はすべてを心得ている。

「ぁ……んっ……蓮人っ……」

蓮人のものが、ゆっくりと溶け込むように夏乃子の中に入ってきた。

これまでに、何度となく経験しているのに、彼とひとつになるたびに幸せが心と身体に満ち溢れる。

蓮人と交じり合うと、お互いの存在こそが生きている意味だと実感する事ができた。

「夏乃子……」

耳元で聞こえる彼の声が、夫婦の想いが同じであるとわからせてくれる。

これ以上の幸せは、きっとこの世には存在しない。

夏乃子は蓮人の背中に指を這(は)わせると、目を閉じて静かに押し寄せてくる快楽に身を委(ゆだ)ねるのだった。

恋愛小説「エタニティブックス」の人気作を漫画化!
極甘マリアージュ
～桜井家三姉妹の恋愛事情～
①～②
もとい…
花の許嫁！
このまま…
花の初めてが欲しい
俺にくれないか
んっ
くちゅ
そんな…
漫画：コヨリ
原作：有允ひろみ
家族ぐるみで仲のいい桜井家と東条家。桜井家の三女・花は東条家の一人息子・隼人に長らく想いを寄せていた。
しかし、彼は姉の許嫁で――。
時は巡り、それぞれ別の相手と結婚した二人の姉に代わりなんと三女の花に隼人の許嫁が繰り下がってきて!?
姉の許嫁であり、絶対に叶わない恋の相手でもあった隼人と、思いがけず想いを通わせることになった花。
そんな彼女に待っていたのは、心も身体も愛され尽くす夢のような日々で――!?
B6判　各定価：704円（10%税込）
無料で読み放題
今すぐアクセス!
エタニティWebマンガ
極甘マリアージュ 2
漫画 コヨリ
原作 有允ひろみ
ハイスペダーリンからの溺愛に
甘く淫らに
蕩けて…!?
一途な癒し系ヒロイン×初恋の年上幼馴染

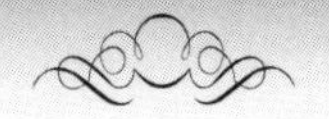

〜大人のための恋愛小説レーベル〜

ETERNITY エタニティブックス

エタニティブックス・赤

問答無用な運命の恋！

カリスマ社長の溺愛シンデレラ
〜平凡な私が玉の輿に乗った話〜

有允ひろみ

装丁イラスト／唯奈

日本屈指のラグジュアリーホテルで、客室清掃係として働く二十三歳の璃々。彼女はある日、ひょんなことから社長の三上とデートすることに！　あまりの出来事に戸惑う璃々だけれど、デートでは至れり尽くせりの甘やかされ放題。そのうえ圧倒的な魅力を持つ三上から情熱的に愛を囁かれたあげく、蕩けるキスとプロポーズ!?　極甘社長と勤労女子の夢のような溺愛ハッピーエンド・ロマンス！

※エタニティブックスは大人の女性のための恋愛小説レーベルです。ロゴマークの色で性描写の有無を判断することができます（赤・一定以上の性描写あり、ロゼ・性描写あり、白・性描写なし）。

詳しくは公式サイトにてご確認ください。
https://eternity.alphapolis.co.jp/

～大人のための恋愛小説レーベル～

ETERNITY エタニティブックス

エタニティブックス・赤

運命のドラマティック・ラブ！
冷徹御曹司と極上の一夜に溺れたら愛を孕みました

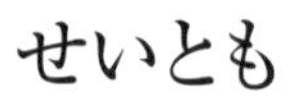

せいとも

装丁イラスト／七夏

会社の創立記念パーティーで、専務で恋人の悠太(ゆうた)と別の女性の婚約発表を知った秘書のさくら。裏切られたショックから一人で会場を後にするさくらを追いかけたのは親会社の御曹司で社長の怜(れい)だった。「俺が忘れさせてやる」と言う怜にさくらは全てを委ね、二人は極上の一夜を過ごす。一夜の関係と割り切り前に進もうとするさくらだったが、怜はさくらと一生を共にしようと考えていて……

※エタニティブックスは大人の女性のための恋愛小説レーベルです。ロゴマークの色で性描写の有無を判断することができます（赤・一定以上の性描写あり、ロゼ・性描写あり、白・性描写なし）。

詳しくは公式サイトにてご確認ください。
https://eternity.alphapolis.co.jp/

この作品に対する皆様のご意見・ご感想をお待ちしております。

おハガキ・お手紙は以下の宛先にお送りください。

【宛先】

〒150-6019 東京都渋谷区恵比寿4-20-3 恵比寿ガーデンプレイスタワー 19F
（株）アルファポリス　書籍感想係

メールフォームでのご意見・ご感想は右のＱＲコードから、
あるいは以下のワードで検索をかけてください。

アルファポリス　書籍の感想

ご感想はこちらから

敏腕弁護士の不埒な盲愛に堕とされました

有允ひろみ（ゆういん ひろみ）

2024年 7月 25日初版発行

編集－本山由美・大木 瞳
編集長－倉持真理
発行者－梶本雄介
発行所－株式会社アルファポリス
〒150-6019 東京都渋谷区恵比寿4-20-3 恵比寿ガーデンプレイスタワー19F
TEL 03-6277-1601（営業） 03-6277-1602（編集）
URL https://www.alphapolis.co.jp/
発売元－株式会社星雲社（共同出版社・流通責任出版社）
〒112-0005 東京都文京区水道1-3-30
TEL 03-3868-3275
装丁イラスト－宇野宮崎
装丁デザイン－AFTERGLOW
（レーベルフォーマットデザイン－ansyyqdesign）
印刷－中央精版印刷株式会社

価格はカバーに表示されてあります。

落丁乱丁の場合はアルファポリスまでご連絡ください。

送料は小社負担でお取り替えします。


ISBN978-4-434-34178-6 C0093